너는 미스터리가 읽고 싶다

너는 미스터리가 읽고 싶다

'미스터리'에 빠지고 싶은 당신을 위한

완벽한 안내서

김희선

읻다

차례

덧붙임과 각주가 있는 서문

—— In angulo cum libro

블로그에 매일 글을 쓰던 때가 있다. 소설을 쓰기 전이었고, 작가가 될 거라곤 생각도 안 하던 시절이었다.

블로그를 시작한 이유는 읽은 책과 좋아하는 시를 기록하기 위해서였는데, 그렇게 쌓인 것이 어느덧 1,500개가 넘었다. 당시 내 블로그의 프로필에는 이런 라틴어 문구가 적혀 있었다.

In angulo cum libro.

책과 함께 구석에서.

토마스 아 켐피스(Thomas à Kempis, 1380~1471)라

는 독일의 신비주의 수도사가 익명으로 썼다는 『그리스도를 본받아(De Imitatione Christi)』라는 책에 나오는 이 구절의 원래 문장은 다음과 같다.

> In Omnibus requiem quaesivi et nusquam inveni nisi in angulo cum libro.
> 나는 온 세상에서 휴식을 찾았으나, 한 권의 책과 더불어 구석진 곳이 아닌 어디에서도 휴식을 발견하지 못했다.[●]

이것은 내가 가장 좋아하는 문장이었고, 실제로도 나는 일하고 남는 대부분의 시간을 그렇게 보냈다. 조용한 도서관에서 책과 함께.

세계를 여행하는 방법은 여러 가지다. 정확히는, 이곳, 지구를 여행하는 방법이 여러 가지라고 하는 게 더 어울리겠지만. 아직도 우리는 성층권 밖으로 나갈 수 없고 (물론 갈 수도 있지만, 억만장자이거나 엄청나게 힘든 테스트를 통과한 우주비행사가 아니라면 여전히 불가능하다.) 달의

● 파스칼 키냐르, 송의경 옮김, 『떠도는 그림자들』(문학과지성사, 2007), 69쪽.

뒤편이나 태양계 밖 같은 곳은 여행할 꿈도 꾸지 못한다.

지구 곳곳을 갈 수 있다고 해도 우리가 알 수 있는 건 그저 피상적인 겉모습뿐, 그 땅, 그 도시, 그 마을 깊숙이 감춰진 내밀한 삶의 무게는 영원히 알 수 없을 것이다. (안다고 자부하는 이가 있다면, 그건 그저 망상이거나 착각, 혹은 소망 아닐까?)

지금 이 순간 원하는 세계로 훌쩍 건너뛰는 방법은, 그래서 내가 보기엔 단 하나, 책을 펼치는 길뿐이다. 책을 펼치고 그 부드러운 종이의 질감을 느끼며 익숙한 나무 냄새를 맡으면, 어느새 우리는 완전히 다른 세상에 서게 된다. 그곳은 정글이거나 얼음으로 뒤덮인 북극일 수도 있고, 해저 2만 리가 넘는 바닷속이거나 땅속의 비밀 기지일 수도 있으며, 천 년 전 혹은 수억 년 전, 또는 수만 년 후이거나, 아예 시간이 존재하지 않는 단테의 천국 같은 장소일 수 있다.

그렇기에 움베르토 에코는 말하지 않았던가. 우리는 "책으로 천 년을 살 수 있다."라고. 거기에 한마디를 덧붙인다면, 나는 이렇게 말하겠다. 책을 통해 우리는 무한히 살 수도 있다고.

어릴 때는 쉬는 시간마다 내 주위로 친구들이 모여

들었다. 그때도 나는 이야기하는 걸 좋아했는데, 주로 전날 밤 읽은 책을 재미나게 요약해서 친구들에게 들려주곤 했다. 아이들은 눈을 반짝이며 내 이야기를 (정확히는 내가 읽은 책에 관한 이야기를) 듣다가, 수업 시작 벨이 울리면 아쉬워하며 자리로 돌아갔다. 그러고는 50분이 지나 쉬는 시간 벨이 울리자마자, 우르르 몰려와 이어지는 얘길 들려 달라고 조르는 것이었다. 개중에는 내가 들려준 책에 흥미를 갖고 실제로 읽기를 시작하는 친구도 꽤 있었는데, 나는 그게 그렇게 기분이 좋았다. 같은 책을 읽고 그에 관해 이야기하면, 어느새 두 사람 사이에는 알 수 없는 길 같은 게 놓인다. 그런 길은 웬만해선 없어지지 않고, 어둡고 울창하지만 동시에 눈감고도 지나갈 수 있을 만큼 밝고 환하다.

여기 실은 책 이야기들을 쓸 때 나는 그런 마음이었다. 어릴 적 친구들에게 내가 읽은 책에 관해 들려줄 때의 마음, 움베르토 에코가 책으로 천 년을 살 수 있다고 했을 때 고개를 끄덕이던 마음, 오래전 죽은 독일의 신비주의 수도사처럼 조용한 도서관 구석 자리에 앉아 있을 때 행복을 느끼던, 그런 마음 말이다.

이 책을 읽은 누군가가 여기서 이야기한 책을 펼친

다면, 우리들 사이에는 정말로 길이 놓일 것이다. 그렇게 생겨난 길들은 보이지도 않고 만질 수도 없지만, 우리를 그물망처럼 감싸며 영원히 사라지지 않을 부드러운 버팀목이 되어 주지 않을까?

덧붙임

누군가 내게 첫 번째 독서에 대한 기억을 묻는다면, "오렌지색이었어요."라고 답할 것이다. 어릴 때 나는 외가에서 지냈는데, 그때 외할아버지의 서재는 오후 햇살이 비쳐 들어 항상 옅은 주황색을 띠고 있었다. 서가에는 온갖 책과 백과사전, 여행전집들이 있었는데, 당시 동네에는 또래 친구들이 없어서 나는 주로 그 서재에서 혼자 시간을 보냈다. 백과사전에서 인체 해부도를 본 다섯 살 즈음의 어느 날은, 아직도 생생히 기억난다. 내 몸 안에 해골과 붉은 피와 기묘하게 구불구불 꼬인 창자가 있다니. 그 무시무시한 사실을 도무지 믿을 수 없었다. 밤에 외할머니 곁에 누워서도, 머릿속엔 온통 인체 해부도 생각뿐이었고, 그날 밤 나는 악몽을 꾸었다.

서가에 그렇게 무서운 책들만 있는 건 아니었다. 지

금은 이름도 기억나지 않는 어느 여행가의 세계여행전집이 있었는데, 양장본에 화려한 컬러 사진이 곁들여진 그 책을 나는 열 번도 넘게 읽고 또 읽었다. '오대양 육대주'라는 말을 그때 처음 알았고, 할머니네 동네 밖 경계를 넘어가면, 놀랍도록 넓고 기기묘묘한 세상이 펼쳐진다는 사실도 그 책을 읽으며 알게 되었다. 나는 유럽에 있다는 수도원과 그 안의 신비로운 조각상을 꿈꾸었고 눈 덮인 북구와 뜨거운 열대를 상상했다.

삼성출판사판 세계문학전집도 있었는데, 어린 나는 뜻도 모르면서 깨알같이 작은 글자들을 읽어 내려갔다. ('읽어 내려갔다'라는 말이 이보다 더 어울리는 책이 있을까. 그 책들은 모두 세로줄로 인쇄되어 있었고, 읽기 위해서는 눈동자를 아래로 아래로 움직여야만 했다.) 『아라비안 나이트』를 읽으며 왜 왕이 왕비를 죽였는지 이해하지 못했고, 『대지』를 읽을 때는 왕룽의 아내 오란이 슬픔에 잠기는 이유를 전혀 알지 못했다. 『좁은문』의 두 남녀가 왜 서로 만나지 않는지, 『잃어버린 시간을 찾아서』(전집에는 제1권인 『스완의 집 쪽으로』만 있었다.)의 '나'는 무엇을 그리도 그리워하는지, 어린 내가 알 길은 어디에도 없었다. 나는 활자 중독에 걸린 사람처럼, 게걸스럽게 읽어 내려가기만 했다. 그리고 그렇게 읽고 빨아들인 글자들은 내 안에 쌓이고 쌓여 적당한 시간 속에서 익어 갔다.

　내 최초의 독서는, 어딘지 모르게 으스스한 경이로움 그 자체였다. 아마 그 후로도 나는 그런 책들, 세계와 인간에 대하여 놀라운 경이로움, 의문, 호기심을 불러일으키는 책들을 좋아했던 것 같다.

　여기 소개할 책을 고를 때도, 그런 느낌을 찾았다. 세계와 우주의 놀라운 모습을 보여 줄 책들, 생명과 존재가 얼마나 경이로운지 보여 줄 책들, 기묘한 수수께끼가 담긴 소설을 읽으며 느낄 재미가 얼마나 멋지고 으스스한지 보여 줄 책들. 이 책을 '장르로서의 미스터리, 그리고 인간 존재와 세계라는 미스터리'라고 소개한 이유가 여기에 있다.

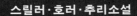

1장

범인은 바로
너…일까?

스릴러·호러·추리소설

범인은 바로
너⋯⋯일까?

▲ 유키 하루오, 『방주』

제가 다니던 고등학교는 당시에 이미 개교 50주년을 훌쩍 넘긴 오래된 학교였습니다. 그래서인지 구석구석 기괴하고 음산한 장소와 물건이 많았지요. 특히나 본관 중앙에 있던 현관으로 들어서면, 대부분의 사람들은 '헉!' 하며 놀랄 수밖에 없었습니다. 넓은 복도 한가운데 거대한 여자 머리 흉상이 세워져 있었으니까요. 흉상은 쪽을 지고 한복 윗도리를 입은 신사임당의 상반신이었습니다. 그걸 좀 적당한 크기로 만들어 세워 놨으면 괜찮았을 텐데, 무슨 생각에서인지 학교에서는 실제 인간보다 서너 배는 큰 무지막지한 사이즈로 흉상을 제작했습니다. 아마도 신사임당처럼 현숙한 여성이 되라는 무언의 압력을 우리에게 가하고 싶었던 걸지도 모르지요.

청동빛의 커다란 신사임당은 등 뒤에서 들어오는 역광을 받으며 정문 현관으로 드나드는 모든 이를 노려보았습니다. 그 모습이 어찌나 기묘했던지, 밤 12시가 되면 신사임당이 눈알을 굴린다든가 고개를 돌려 뒤를 본다든가 하는 괴담도 널리 퍼져 있었습니다. 그 소문이 진짜인지 확인하고 싶었지만, 자정까지 학교에 숨어 있을 길이 없어 결국 포기하고 말았죠.

신사임당의 흉상 외에도, 학교에는 이상한 것들이 많았습니다. 본관 건물 왼쪽 옆으로는 보통의 고등학교에는 어울리지 않는 울창한 숲이 있었는데, 숲까진 그렇다 치더라도, 참말로 기이한 건 그 안쪽에 자리한 의문의 오두막이었습니다. 오두막은 정방형의 형태였고 사방 밑변의 길이는 약 3미터 정도 되었는데, 가건물 비슷한 벽체에 언제나 문은 꼭 닫혀 있었습니다. 거기에는 작은 창도 달려 있었지만, 역시나 꼭 닫힌 채 한 번도 열린 걸 본 적이 없습니다.

그러던 어느 날, 야간자율학습을 빼먹고 시내 서점에서 무협지를 읽다가 몰래 학교로 들어오던 저는, 평소 사람이라곤 지나다니지 않던 그 오두막에서 어떤 남자가 휙 나오는 걸 보았습니다. 저는 왠지 불길한 예감이

들어 얼른 운동장 한가운데 있던 커다란 나무 뒤로 몸을 숨겼지요. 어두운 데다 학교 안에는 가로등도 없어서 남자의 얼굴은 확인할 수 없었지만, 걸음걸이나 구부정한 뒷모습은 어디서 많이 본 듯한 느낌을 줬습니다.

문제는 바로 다음 날 일어났습니다. 그날은 공휴일이었지만, 심화 학습반 학생들은 모두 학교에 나와야 했고, 그래서 저 역시 무거운 발걸음으로 교문에 들어섰지요. 자습실로 올라가기 전에 일부러 오두막 앞에 가 보았는데, 별다른 건 없었습니다. 문과 창문은 꼭 닫혀 있고 달라진 거라곤 보이지 않더군요. 저는 '어제의 불길하던 예감은 나의 망상이었군.'이라고 중얼대며 뒤돌아섰습니다. 그날 낮, 졸음이 밀려오는 걸 억지로 참으며 수학 문제를 풀고 있는데, 심화반 담당 선생님이 들어오더니 화난 목소리로 물었습니다.

"희동이, 어디 갔어? 이 녀석 농땡이 친 거 아니야?"

우리는 퍼뜩 고개를 들고 희동을 찾았습니다. 평소 모범생으로 유명한 친구이니만큼 자율학습을 빠진 채 어디론가 놀러 갈 리는 없었으니까요. (참고로, '희동'은 가명입니다. 아무래도 여기서 친구의 이름을 함부로 쓸 순 없으니 말입니다.) 그때 누군가가 나지막하게 말했습니다.

"그러고 보니, 희동이가 아까 혼자서 중앙현관 계단

으로 내려가더니 밖으로 나가는 걸 봤어."

선생님은 그 애에게 희동을 데려오라고 했고, 그 친구는 약간 툴툴대며 자습실 밖으로 나갔지요. 하지만 채 5분도 지나지 않아, 어디선가 째지는 듯한 비명이 들려왔습니다. 우리는 실내화 바람으로 우르르 달려 나갔고, 그 소리가 오두막 쪽에서 들려온다는 걸 알았습니다. 가보니, 평소와 달리 오두막 문은 활짝 열려 있고 그 앞에는 분홍색 토끼 인형이 하나 떨어져 있었어요. 희동을 찾으러 간 친구는 오두막에서 두어 걸음 떨어진 자리에서 사시나무처럼 떨며 소리를 지르고 있었고요.

"저길 봐, 저기 저 안에."

아, 한 발짝씩 천천히 다가간 우리의 눈에 들어온 것은······.

슬프게도, 저는 여기까지 쓰고 집필을 중단하고 말았습니다. 고등학교 2학년 때의 일이죠. 쓰다가 만 추리 소설의 제목은 「토끼 인형 살인 사건」이었습니다. 애거서 크리스티의 전설적인 미스터리인 『그리고 아무도 없었다』를 읽고 깊이 감명받아, 그 비슷한 구조로 이야기를 하나 만들어 볼 요량이었는데요. 크리스티의 작품에서는 「열 꼬마 인디언」이라는 전래동요에 맞춰 한 사람씩 죽어 가지만, 제가 짓다 만 추리소설에서는 「숲속 작은 집 창가에」라는 노래에 맞춰 살인이 일어납니다.

숲속 작은 집 창가에
작은 사람 하나 섰는데
토끼 한 마리가 뛰어와
문 두드리며 하는 말
살려 주세요, 살려 주세요
날 살려 주지 않으면
포수가 총으로 빵 쏜대요

그런데 이 가사, 어딘지 모르게 무섭지 않은가요? 숲속에 왜 작은 집이 있으며, 거기서 창밖을 내다보며 서 있는 사람의 정체는 무엇인지. 모든 사건을 예견하듯 창가에서 기다리다가 쫓기는 토끼에게 문을 열어 주며, 혹시 그가 음산하게 미소 짓진 않았을까요?

그때 추리소설을 쓰다가 포기한 이유는 트릭을 짜내는 일이 벽에 부닥친 탓이었습니다. 그뿐만이 아니라, 왜 살인을 저지르는가, 범인은 대체 누구인가, 이 모든 것들을 떠올리는 데 실패하기도 했지요. 하우던잇, 와이던잇, 후던잇. 본격 미스터리의 3대 구성 요소를 모두 만

들어 내지 못했으니, 집필을 중단하는 수밖에는 별다른
도리가 없었던 겁니다.

　하지만 그 후로도 저는 『그리고 아무도 없었다』의
파장에서 헤어나질 못했습니다. 그래서 세상의 모든 추
리물을 찾아 읽으며 비슷한 전율을 맛보기 위해 노력했
고요. 알다시피, 이 소설은 클로즈드 서클물의 효시 같은
작품인데요, 클로즈드 서클물이란 어떤 닫힌 공간에서
(밀실과는 좀 다른 개념이고, 주로 폭설 때문에 오도 가도 못하
게 된 산장이나 천재지변 등의 이유로 교통수단이 끊긴 섬 같
은 곳이 이 장르에 자주 등장하는 배경입니다.) 일어나는 살
인을 다루는 미스터리의 하위 분야를 말합니다. 그럼 왜
추리소설 작가들은 닫힌 공간에서 일어나는 살인을 즐
겨 다루는 걸까요? 그에 대해서는 히가시노 게이고가 쓴
유머러스한 메타 미스터리 『명탐정의 규칙』에 잘 나와
있는데요, 그중 일부를 소개하면 다음과 같습니다.

　고립시키면 용의자를 소수로 한정시킬 수 있다는 장점이
　있죠. (……) 외부인의 범행 가능성을 배제함으로써 성립
　불가능한 범죄라는 점을 독자들에게 선명히 어필할 수
　있고요. 이번 경우가 거기에 해당됩니다. 모두가 거실에
　모여 있었는데도 오고시 씨가 산 정상에서 살해됐습니

다. 그렇다고 외부 인물이 범인일 가능성은 전혀 없습니다. 그 결과 소설의 신비함이 깊어집니다. 한마디로 말해서 고립이라는 패턴은 작가 편의에 의해 자주 채택되는 거지요. (……) 범인의 입장에서도 장점이 있지요. 무대가 고립되면 경찰이 개입할 수 없고, 등장인물도 도망갈 수 없습니다. 그래서 손쉽게 살인을 할 수 있어요. 마음만 먹으면 모두를 살해하고 범인도 자살할 수 있지요. 물론 그런 패턴은 명작에나 해당되는 것이지만요.●

이 웃긴 소설에서는 탐정 덴카이치 다이고로와 경감 오가와라 반조가 등장하여 소위 '본격 미스터리'라고 불리는 장르 전체를 비꼽니다. (이 둘은 각각 전형적인 추리물의 천재 명탐정과 어리석은 경찰 역을 충실히 수행합니다. 그러다가도 문득 "아, 이건 아니잖아." 같은 감정을 느끼며 자신의 역할을 되돌아보고 반추하지요.) 하지만 그냥 비웃기만 하는 건 절대 아니고요, 행간 전체에 본격 미스터리에 대한 히가시노 게이고의 애정이 듬뿍 녹아 있지요.

인용문에서 탐정 덴카이치가 말했듯이, 클로즈드

● 히가시노 게이고, 이혁재 옮김, 『명탐정의 규칙』(재인, 2010), 78~79쪽.

서클물에는 일종의 규칙이 있습니다. 폐쇄된 공간에 갇힌 사람들 사이에 의문의 살인이 일어나는데, 살인은 한 건에 그치지 않으며 심할 경우에는 그곳에 있던 이들 모두가 죽게 된다는 거죠. 또 범인은 반드시 그들 중 하나여야 하는데요, 운 나쁘게도 그 안에 명탐정이 (혹은 명탐정급의 추리력을 가진 일반인이) 껴 있으면 모든 범행을 발각당한 뒤 어디론가 도망가다가 결국 비참한 최후를 맞이하게 됩니다. (눈 쌓인 산장에 있던 범인은 눈밭으로 뛰어나갔다가 얼어 죽거나 눈사태에 깔려서 사망하고, 고립된 섬에 있던 범인은 마침 바닷가에 매어져 있던 배를 타고 도망치지만 그건 물이 새는 낡은 보트였기에 익사하고 만다는 설정이 자주 나옵니다.)

하지만, 요즘은 클로즈드 서클물 쓰기가 정말 힘든 시대라고 합니다. 위성통신 시스템의 발달로 웬만해서는 고립 자체가 안 일어나는 데다, 작가가 억지로 폐쇄된 공간을 설정한다 해도, 그게 조금이라도 비현실적이라면 독자의 호응을 얻기 어렵기 때문이라는데요. 그런 의미에서 유키 하루오의 『방주』는 배경 설정을 영리하게 잘했다고 볼 수 있습니다. 한 무리의 젊은 남녀가 숲속에서 길을 잃고 헤매다가 땅속에 만들어진 의문의 건축물을 발견하고 거기서 하룻밤을 보내는 데서 이야기가 시작되니까요.

　사실 제가 그 무리의 일원이었다면, 숲 한가운데서 모닥불을 피우고 야영을 할지언정 그런 기괴한 지하 건축물로 들어가진 않을 겁니다. 만약 그 안에 발을 들인다면, 바로 그 순간 아무도 예측하지 못했던 천재지변이나 사고가 일어날 테고, 그곳은 결국 폐쇄되고 말 것이 확실하니 말입니다. 본격 미스터리를 많이 읽었다면 누구나 알 법한 이 장르의 규칙을, 안타깝게도 『방주』의 등장인물들은 알지 못하더군요. 오히려 그들은 거기서 하룻밤을 묵겠다며, 수상하기 그지없는 의문의 지하 시설로 들어갑니다. (그러고 보면, 미스터리와 호러를 많이 읽으면 삶의 지혜를 얻을 수 있다는 게, 괜히 나온 말이 아닌 듯싶어요.)

　얼마 뒤, 역시 숲에서 버섯을 따다 길을 잃었다는 가족이 그 지하 건축물에 찾아듭니다. 비밀을 감춘 낯선 인물의 등장, 이라는 클로즈드 서클물의 또 다른 규칙에 해당하는 사건이랄까요. 곧이어 난데없는 지진이 일어나고, 지상으로 나가는 출구가 큰 바위로 막혀 버리고 맙니다. 그야말로 완벽한 고립 공간이 만들어진 것이죠. 막힌 입구를 열고 나가려면 누군가가 바위를 지렛대로 옮기는 역할을 맡아 줘야 하는데, 그러면 다른 이들은 나갈 수 있지만, 그 한 사람만은 꼼짝없이 지하 시설에 갇혀 죽음을 맞이해야 합니다.

누가 이 역할을 맡을 것인가를 두고 모두가 날카로워지는 가운데, 드디어 첫 번째 살인이 일어납니다. 사람들은 살인범을 찾아내 그에게 바위를 옮기는 역할을 맡기기로 합니다. 살인이라는 죄를 지었으니, 혼자 땅속에 남아 죽어도 마땅하다는 논리였는데요. 그래서 모두가 살인범 찾기에 골몰한 와중, 아니나 다를까, 두 번째 살인이 일어나는 겁니다.

더 얘기하면 스포일러가 될 수밖에 없어 그만하겠지만, 계속해서 살인이 일어난 끝에 마침내 누가 이런 짓을 저질렀는지 밝혀지고 마지막 반전이 닥쳐옵니다. 책 광고엔 '극한의 뇌 정지, 미친 반전'이라고 적혀 있지만, 솔직히 저에겐 그 정도는 아니었어요. 어쩌면 너무 많은 미스터리를 읽은 끝에 거의 '추리의 신' 반열에 올라선 탓일지도 모릅니다. 어느 날부터인가, 웬만한 추리물은 모두 범인을 맞힐 수 있게 되었으니까요. 한 가지 귀띔할 게 있다면, 저는 논리적으로 트릭을 연구하여 범인을 맞히는 타입은 아닙니다. 오히려 어떤 알 수 없는 감각으로 (이것도 일종의 '식스 센스'라고 할 수 있을까요?) 흐름을 잡아내고, "이 흐름이라면, 이 사람이 범인일 수밖에 없어."라고 결론 내는 거지요.

이제 진짜 하고 싶었던 이야기로 가 보겠습니다. "추리소설 속 범인은, 정말로 탐정이 (또는 탐정급 추리 능력을 가진 일반인이) 밝힌 바로 그 사람일까?"라는 문제로 말입니다.

"어떤 이론 체계에 모순이 없더라도, 그 체계는 자신에게 모순이 없다는 것을 그 논리 체계 안에서는증명할 수 없다."라는 쿠르트 괴델의 제2 불완전성 정리의 미스터리 버전인 이 문제는, 1996년 신본격의 대가인 노리즈키 린타로가 《현대사상》에 글을 실으며 제기했습니다. 추리소설의 거장인 엘러리 퀸은 후기 작품에서, 탐정이 습득한 정보가 진실인지, 소설 내부에서 해결된 사건이 정말로 해결된 게 맞는지 등을 자주 모호하게 처리했는데요, 그래서 이 문제를 '후기 퀸 문제'라고도 하는 거고요.

이를 다룬 대표적인 책으로는, 프랑스의 정신분석학자이자 문학교수 피에르 바야르가 쓴 『누가 로저 애크로이드를 죽였는가?』가 있습니다. 피에르 바야르는, 애거서 크리스티의 소설인 『애크로이드 살인 사건』을 분석하며 (이 소설은 애크로이드 저택에서 일어난 살인 사건을 명탐정 에르퀼 포아로가 추리하는 내용의 작품인데, 범인이 뜻

밖의 인물인 것으로 유명합니다. 어찌나 의외의 인물이었는지, 이 소설에 대하여 롤랑 바르트, 제라르 주네, 움베르토 에코, 레이먼드 챈들러, 알랭 로브그리예 등등 많은 이들이 논평과 분석을 시도했지요.) 에르퀼 포아로가 사실은 망상증 환자였다는 (놀랍고도 황당한) 결론을 이끌어 냅니다.

물론 피에르 바야르도 어느 정도의 유머를 섞어 이 책을 쓴 것이겠지만, 탐정(또는 탐정의 역할을 맡은 사람)이란 결국 망상을 가질 수밖에 없는 존재 아닐까요? 무릇 탐정이 되고자 하는 이는, 우리가 흔히 지나칠 만한 온갖 것들을 절대로 그냥 보아 넘기지 않습니다. 그들은 모든 사물과 장소, 흔적, 소리, 냄새에 사건의 단서가 숨어 있다고 짐작해야 합니다. 그러고는 매의 눈으로 그것들을 관찰하고 탐구해야 하지요. 탐정의 이러한 태도는, 알고 보면 망상증 환자와 어딘가 모르게 닮았습니다. 눈에 보이는 세계 뒷면에 무언가 알 수 없는 비밀이 숨어 있다고 상상하는 사람들 말입니다. 그들은 망상에 시달린 끝에 자신의 내면에 새로운 논리를 만들고 그 논리에 따라 세계를 설명하기에 이르는데, 탐정 또한 소설 속 세계에서 찾아낸 '단서'를 통해 어떤 논리를 만들어 내 범인을 밝힙니다.

유키 하루오의 『방주』에도 같은 의문을 제기할 수 있습니다. 소설에서 '탐정의 역할을 맡은 이'는 이런저런 논리적 추론 끝에 범인을 지목합니다. "범인은 바로 너." 라고요. 본격 추리물답게, 나머지 사람들은 주위를 빙 둘러싼 채 그의 설명을 듣고 고개를 끄덕입니다. "이럴 수가!" "충격이군!" 등등의 말을 외치면서요. 그런데, 정말로 범인은 그 자였을까요? 범인으로 지목된 사람은, 모종의 이유로 어쩔 수 없이 (혹은 일부러) 그 말을 시인했던건 아닐까요? 그가 진짜 범인이라는 증거는 대부분의 본격 미스터리가 그렇듯이 오직 탐정의 설명뿐입니다. 현장에서 지문을 찾아낸 것도 아니고, 혈흔으로 DNA를 밝혀 낸 것도 아니죠. 그런데 우린 어떻게 '바로 그'가 범인이라고 확신할 수 있는 걸까요?

아니, 그것보다도 범인은 사실 '그'가 아닐 수도 있는데 왜 우리는 그렇게도 열심히 추리소설을 읽는 걸까요? 이에 대해서, 저는 두 가지 답을 제시해 볼까 합니다.

먼저 기호학의 선구자인 찰스 퍼스가 한 말이 있는데요. 그는 추리 활동을 할 때 인간의 정신이 일종의 명상 상태(삼매경, Musement)로 접어든다고 했습니다. 인간이 경험할 수 있는 우주는 관념의 우주, 현실의 우주, 기호의 우주, 이렇게 세 가지인데, 퍼스는 우리가 이 중 어떤 두 개의 우주 사이의 연관성을 깊이 탐색하고 연구할 때 '삼매경'에 빠져든다고 했죠. 그러면서, 범죄의 현상과 원인을 탐구하는 것이야말로 삼매경에 접어들기에 가장 적합하다고 했으니 — 범죄 현장은 현실 우주, 거기 담긴 단서는 기호의 우주에 해당하지요 — 그의 말대로라면, 우리는 추리 소설을 읽으며 명상의 경지에 오를 수 있습니다.

둘째로는, 움베르토 에코가 한 얘기인데요. 일찍이 그는 『장미의 이름 작가 노트』에서 이렇게 말한 바 있습니다.

독자들로 하여금, 우리를 전율하게 하는 것(말하자면 형이상학적 전율)을 기쁨으로 받아들일 수 있게 하고 싶었기 때문에 나는 (무수한 플롯 중에서) 가장 형이상학적이고 철학적인 구조, 즉 탐정소설의 구조를 선택하지 않을 수 없었다.[*]

에코에 의하면, 피범벅이 된 사건 현장에 탐정이 나

● 움베르토 에코, 이윤기 옮김, 『장미의 이름 작가 노트』(열린책들, 1992), 79쪽.

타나 이성과 논리로 범인을 찾아냄으로써 "지성적, 사회적, 합법적, 도덕적 질서가 결국은 악마의 혼돈을 극복하고 승리를 거두면서 끝내는" 것이 추리물이며, "누구에게 죄가 있느냐"라는 탐정소설의 기본 문제는 철학이나 정신분석학의 기본 문제와도 일맥상통한다는 거죠.

그렇지만, 결국 우리가 추리소설을 읽는 이유는 어쩌면 단 한 가지로 귀결될지 모릅니다. 추리소설은 무엇보다도 정말 재미있으니까요. 손에 땀을 쥐며 시간이 어떻게 흘러갔는지도 모를 만큼 빠져들다 보면, 어느새 창밖에는 아침 해가 떠오르고 있을 정도로 말이에요. 그렇지 않은가요?

"저길 봐,
저기 저 안에."

아, 한 발짝씩
천천히 다가간
우리의 눈에
들어온 것은……

글쓰기에 바친
가장 아름다운 송가

▲ 스티븐 킹, 『빌리 서머스』

오래전 노란 새를 키운 적이 있습니다. 무덤덤한 성격의
잉꼬였지요. 새는 마치 인조 구슬 같은 눈으로 무표정하
게 새장에 앉아 있었습니다. 무슨 생각을 하는지, 뭘 원
하는지도 도무지 알 수 없었죠. 주인을 봐도 반가운 내색
같은 건 없었습니다. 그저 심드렁하게 한 번 쳐다보곤 그
만이었지요.

　　새가 반응을 보이는 건 모이를 줄 때, 그리고 새장에
서 꺼내 거실에 놓아줄 때뿐이었습니다. 그 노란 새는 새
장에서 나와 돌아다니는 걸 좋아했습니다. 그때는 마루
에 고무나무, 난초, 산세베리아 화분이 있었는데, 새는 그
곳이 마치 숲인 양 몸을 곧게 세우고 화초들 사이를 걸어

다녔어요. 어떨 때는 거의 온종일 화분 숲을 떠나지 않기도 했습니다. 그러다가 거울 앞으로 가서 오래도록 자기 모습을 비춰 보는 거였습니다. 물론 잉꼬는 거울 속 노란 새가 자신이라곤 알지 못했습니다. 제 생각에는, 일종의 친구 정도로 여기는 것 같았어요. 부리로 거울을 쪼다가 펄쩍 뛰어 뒤로 물러나며 시간을 보냈으니까요. (여담이지만, 거울 속 상을 보고 자기 자신인 줄 아는 새는 까치와 까마귀뿐이라고 합니다.)

새가 도망친 건 전적으로 제 부주의입니다. 저는 새가 결코 그 거실을 — 창가에 놓인 화분들의 숲을 — 떠나지 않을 거라 믿었습니다. 그래서 별생각 없이 새장 밖에 꺼내 놓아 둔 채 외출을 했고요. 두어 시간 후 집에 와서 열쇠로 현관문을 여는 순간, 새는 문틈을 통해 밖으로 나왔습니다. 그러고는 계단참의 열린 창을 통해 날아가 버렸지요.

어쩌면 새는 도망칠 생각이 아니었을지도 모릅니다. 문이 열리니까 자연스레 밖으로 나왔고, 눈앞에 펼쳐진 하늘을 향해 본능적으로 날았던 걸 수도 있으니까요. 창공으로 날아오르던 새가 퍼뜩 뒤를 돌아본 듯한 건, 저의 착각일까요? 아마도 새는 어리둥절한 마음으로 파란 겨울 하늘을 가로질렀을 겁니다. 태어나면서부터 새장에만 있던 녀석이니 뒤를 돌아볼 여유 따위는 없었겠지요.

어쨌든, 새는 그렇게 떠났습니다. 엘리베이터를 타고 내려가 아파트 주변을 샅샅이 뒤지며 잉꼬를 불렀지만, 어디에도 노란 새는 보이지 않았습니다. 가까운 주택가 골목길을 다 돌아도 역시 녀석은 없었지요. 그날 밤에는 온통 새 생각뿐이었습니다. 세상 물정이라곤 모르던 작은 새였으니 어디서 얼어 죽은 건 아닐까? 어쩌면 황조롱이 같은 도시의 맹금류에게 한입에 잡아 먹혔을지도 몰라.

그런데 갑자기, 불 꺼진 천장 한가운데서 다른 우주가 열렸습니다. 그건, 새에 관한 새로운 우주였지요. (그리고 그 우주가 반드시 이곳이 아니라는 법도 없습니다.) 그 새로운 우주의 이야기에서, 노랗고 작은 잉꼬는 엄청나게 강하고 영리한 녀석으로 등장합니다. 비록 얼떨결에 주인의 품을 떠나 차가운 겨울 하늘로 날아갔지만, 곧 조용하고 안전한 곳을 찾아 몸을 숨길 수 있을 정도로 말이에요. 그곳에서 새는, 여기저기 떨어진 씨앗 등을 주워 먹으며 건강하게 겨울을 납니다. 그러던 어느 날, 자기처럼 도망친 또 다른 잉꼬 한 마리가 날아들고 둘은 서로 좋아하게 되지요. 봄이 오고 꽃이 피자, 두 마리의 노란 새는 일곱 개의 알을 낳습니다. 일곱 개의 알에서 깨어난 노란 새들은 또다시 각각 짝을 지어 일곱 개의 알을 낳고, 그런 식으로 새들은 점점 많아져 어느 해 여름, 마침내 도시의 하늘 전체가 노란 새의 무리로 뒤덮이는 겁니다. 노란 바탕에 연두색 무늬가 있는 깃털이 하늘하늘 날아 손등에 떨어지는 상상을 하며, 그제야 저는 새에게 작별 인사를 건넬 수 있었습니다. 잘 가라고.

나중에 저는 제 소설 『무한의 책』에 녀석에 관한 이야기를 썼습니다. 소설 속에서 노란 잉꼬들은, 정말로 도시의 하늘을 온통 뒤덮으며 날아가지요.

노란 잉꼬에 대해 이리도 길게 말한 것은, 스티븐 킹의 소설 『빌리 서머스』를 얘기할 방법을 찾기 위해서였습니다. 프랑스 시인 르네 샤르는 이런 말을 했거든요. 자신의 고장에서는 감동한 사람에게 아무도 질문하지 않는다고요.[*] 그렇습니다. 마음 깊이 느끼는 감동은, 언제나 말로 설명하기 어려운 법이죠. 그러고 보면 스티븐 킹도 그의 소설 『스탠 바이 미』 첫머리에서 비슷한 취

●   이찬규, 『불온한 문화, 프랑스 시인을 찾아서』(다빈치기프트, 2006), 179쪽.

지의 글을 쓴 적이 있습니다. 이야기를 시작하는 화자는 이렇게 말하죠. 가장 중요한 일은 말하기도 가장 어렵다고. 왜냐하면 머릿속에서는 무한하리만치 커 보이던 것이 막상 말로 끄집어내면 그저 실물 크기로 줄어들기 때문이라고 말이지요. (참고로, 『스탠 바이 미』는 제겐 고향 같은 소설입니다. 불안하고 초조한 밤 이 책을 펼치면, 마음이 서서히 가라앉는 마법 같은 일이 일어나거든요.)

『빌리 서머스』의 주인공 빌리 서머스는 이라크전에 참전했던 저격수이고 지금은 킬러로 살고 있습니다. 다른 사람을 죽이는 일로 살아가긴 하지만, 그는 한 가지 신념을 가지고 있습니다. 아무리 큰돈을 주는 의뢰일지라도, 죽어 마땅한 짓을 저지르지 않은 자는 손대지 않는다는 게 그것이지요. (그 신념이 옳은가 그렇지 않은가 따위는 차후에 생각해도 될 문제입니다. 소설에서 그는 결국 번민에 빠지고 삶을 돌아보게 되니까요. 하지만 어떻게 보면, 죽어 마땅한 자가 죽어야 한다는 것은, 스티븐 킹의 신념이기도 합니다. 그는 피와 죽음이 난무하는 자신의 소설에 대해 이렇게 말하기도 했습니다. 이제는 나이가 들어서 머리가 희끗희끗해졌지만, 그 모든 죽음과 공포를 결코 외면하고 싶지 않다고 말입니다.)

다시 소설 얘기로 돌아가자면, 이제 슬슬 손을 털고 평범한 삶을 살아갈 준비를 하는 빌리에게 지금까지와는 비교가 안 될 정도로 엄청난 돈을 주겠다는 의뢰가 들어옵니다. '마지막 한탕'이라는 흔해 빠진 결말을 예감하며 고민하던 그는, 결국 의뢰를 받아들입니다. 목표물인 남자가 죽어 마땅할 만큼 사악한 존재라는 사실도 빌리가 결심을 굳히는 데 한몫했고요.

타깃이 나타날 때까지 은신하며 기다려야 하는 빌리에게, 살인을 의뢰한 자들은 독특한 주문을 합니다. 그들은, 빌리가 하는 일 없이 왔다 갔다 하며 지내도 의심받지 않을 길은 작가로 위장하는 것뿐이라고 주장합니다. 누군가가 뭘 쓰고 있느냐고 물어보면 '일급비밀'이라고 대답하며 눈을 한번 찡긋하라거나, 그러면 다들 더는 캐묻지 않을 거라고도 하는데, 작가인 제가 보기에도 상당히 일리 있는 주장이긴 하더군요.

망설인 끝에 빌리는 작가 행세를 하며 (정확히는 작가 지망생이지만요.) 표적이 나타나길 기다리게 됩니다. "한번 시도해 봐야겠어. 가진 거라고는 시간뿐일 테니 안 될 것도 없잖아?" 이런 생각을 하면서요.

그는 실제로 노트북에 자신의 과거를 쓰기 시작합니다. 어린 시절 죽은 동생과 의붓아버지, 첫 번째 살인, 어머니, 그리고 이라크전에 대해서요.

하지만 (글을 쓰기 시작할 때 누구나 그렇듯이) 빌리 서머스 역시 '글쓰기'가 자기에게 어떤 영향을 주게 될지 전혀 알지 못했습니다. 처음에는 자신이 글을 쓰는 거지만, 마침내는 글이 자신을 쓰게 될 거라는 사실을 상상하지 못한 거지요. '글'이 내면으로 들어와 벌레처럼 모든 걸 갉아먹고 뇌가 있어야 할 자리에 들어앉아 그 사람을 완전히 지배하게 된다는 것을 말입니다.

저격수이자 킬러인 빌리 서머스는 글쓰기를 진심으로 사랑하게 되고 말았습니다. 그리고 (모두가 알다시피) 사랑하지 말았어야 할 대상을 사랑하게 된 이에게 남는 건 비극적인 결말뿐이지요.

빌리는 몇 번이고 생각합니다. 의뢰받은 일을 그만두고 어디론가 숨어들어 글만 쓰는 건 어떨까, 하고요. 그러면 그는 추적당한 끝에 죽고 말겠지만, 그게 더 행복하지 않을까 상상하기도 합니다. 망설이는 사이 시간은 흐르고 노트북의 원고는 점점 쌓여 가지요. 물론 빌리도 중간에 자신의 글을 읽으며 모든 걸 삭제하고 싶다는 충동에 휩싸입니다. 글을 쓰며 끔찍한 과거를 마주하는 일은 그를 끝없는 어둠으로 몰아가고 영혼을 무너뜨렸으니까요. 그러나 빌리 서머스는 결국 그 충동을 이겨 냅니다. 그러고는 중얼거리지요. 남들은 어떻게 생각할지 몰라도 자기가 보기에는 훌륭하다고. 끔찍하지만, 진실이란 본래 끔찍한 것이라고.

드디어 타깃이 나타나고 암살에 성공하지만, 빌리는 약속한 돈도 받지 못한 채 쫓기는 신세가 되고 맙니다. 동시에 그는 일생일대의 결단을 내려야 할 사건을 마주하게 되는데요. 집단 성폭행을 당하고 심하게 상처 입은 소녀 앨리스가 그가 숨어 지내던 은신처로 찾아오기 때문입니다. 앨리스를 구하면 그는 돌이킬 수 없는 위험에 처하게 됩니다. 당연히, 쓰던 글도 완성하지 못하게 되겠지요. 과연 그는 어떤 선택을 할까요? 빌리 서머스가 글쓰기보다 더 중요한 뭔가를 찾아낼 수 있을까요? 그런데 알고 보면, 이 물음에 대한 답 역시 오래전 스티븐 킹이 자신의 책에서 말한 적 있습니다. "지금 여러분의 책상을 한구석에 붙여 놓고, 글을 쓰려고 자리에 앉을 때마다 책상을 방 한복판에 놓지 않은 이유를 상기하도록 하자. 인생은 예술을 위해 존재하는 것이 아니다. 오히려 그 반대이다."●

마지막에 이르러, 소설은 이렇게 이야기합니다.

"그럴 수 있다는 거 알았어요? 모니터나 종이 앞에 앉아서 세상을 바꿀 수 있다는 거?"

●　스티븐 킹, 김진준 옮김, 『유혹하는 글쓰기』(김영사, 2002), 124쪽.

이 말이야말로, 소설과 글쓰기에 바치는 가장 아름다운 송가 아닐까요?

만약 우주가 무한하다면, 그리고 시간과 공간 역시 무한하다면, 확률이 0이 아닌 일들은 다 일어날 수 있습니다. 한없이 흐르는 시간 속에서는 심지어 똑같은 우주가 수없이 반복될 수도 있는데요, 그런 의미에서 우리는 죽지 않는다고 볼 수도 있습니다. 언젠가 어디선가, 반복될 혹은 반복됐던 우주에서, 저와 여러분은 이 똑같은 글을 읽고 있겠죠.

모든 가능한 우주에서는 노란 잉꼬 수천 마리가 하늘을 뒤덮기도 하고, 빌리 서머스가 작가가 되어 행복하게 여생을 누리기도 합니다. 오래전 죽은 저의 강아지 마토가 건강하게 살아 숨 쉬며 함께 산책하는 우주도 있고, 누군가가 스티븐 킹이라는 작가에 관한 소설을 쓰는 우주도 있습니다. 기차를 타고 가서 캐슬록(스티븐 킹의 소설에 자주 등장하는 마을 이름입니다. 『스탠 바이 미』의 배경도 이 마을이죠.)에 내릴 수도 있고, 어쩌면 오늘 낮 동안 스친 사람들 속에 빌리 서머스가 있었을지도 모릅니다. 무엇보다도 놀라운 일은, 이 많은 우주가 다 우리 안에 있다는 사실입니다. 세상의 모든 이야기는 우리에게서 나오고 우리 사이를 맴돌며 우리에게 스며들어 삶을 바꿔 버리니까요.

끝으로 꼭 들려드리고 싶은 말이 있습니다. 당연히 이번에도 스티븐 킹이 한 얘기인데요. 그는 글을 쓰고 싶어 하는 사람들에게 이렇게 말했습니다. 따뜻하고 당당하게, 특유의 미소를 지으면서 말이에요. "그러니 만약 여러분이 누군가에게서 그렇게 마음껏 책을 읽고 글을 써도 좋다는 허락을 받고 싶다면 지금 이 자리에서 내 허락을 받았다고 생각하라."● 그러므로 우린 스티븐 킹의 이 말을 믿고 그냥 앞으로 나아가면 되는 겁니다. 왜냐하면, 그는 정말로 '이야기의 제왕'이고 아마도 그 사실은 앞으로도 영원히 변하지 않을 테니까요.

●   스티븐 킹, 김진준 옮김, 『유혹하는 글쓰기』(김영사, 2002), 182쪽.

절대로 뒤돌아보지 말 것

▲ 그렉 이건, 『대여금고』
▲ 미쓰다 신조, 『죽은 자의 녹취록』

여기 한 사람이 있습니다. 그는 기억할 수 있는 가장 오랜 과거로부터 현재까지, 누군가의 몸을 옮겨 다니며 살아왔습니다. 좀 더 정확히 말하자면, '그'라는 의식이 한 도시에 사는 ('그'와 성별이 같고 — 참고로 '그'는 생물학적으로 남성입니다 — 나이가 비슷한) 여러 사람의 몸을 며칠씩 돌아가며 빌려 썼다고 할까요. '그'는 자신이 왜 그런 기이한 방식으로 존재해야 하는지 모릅니다. 그가 할 수 있는 일은 그저 자기가 살아오며 몸을 빌린 수많은 사람들의 이름과 나이, 직업 등을 꼼꼼히 기록하는 것뿐이었죠. '그'는 그 기록을 은행 대여금고 깊숙한 곳에 보관해 둡니다.

그러던 어느 날, '그'의 의식은 어떤 병원 직원의 몸에 깃들게 되고, 그렇게 출근한 병원에서 기묘한 환자와 조우하는데요. 거기서 비로소 그는, 자신이 왜 의식으로만 존재하며 타인의 신체를 떠돌아다니는지, 그 이유를 알게 됩니다. 이 슬프면서도 (왜 슬픈지는, 책을 읽으면 당연히 알 수 있지요.) 흥미진진한 이야기는 'SF 작가들의 SF 작가'라는 그렉 이건의 소설집 『대여금고』의 표제작인 「대여금고」의 간단한 줄거리입니다.

그렇다면 이번에는 다른 사람을 만나 볼까요? 요양 병원에 입원한 어머니를 간호하던 한 여성은, 옆 침대에 들어온 다른 환자에게서 이상한 점을 발견합니다. 그 환자는 엄청나게 나이 많은 노인인데, 온종일 허공을 바라보며 도무지 알아들을 수 없는 말을 중얼대지요. 처음에는 그 중얼거림을 무시했지만, 곧 호기심이 생긴 여성은, 띄엄띄엄 끊기듯 이어지는 노인의 이야기를 귀담아들어 봅니다. 노인은 여든 살이 훨씬 넘었는데도 어린아이 같은 말투로 말했고, 그 내용은 기이하기 이를 데 없었죠.

병상에 누운 채 쉴 새 없이 이어지는 노인의 중얼거림에 의하면, 어린 시절의 어느 저녁, 낮잠을 자다가 깼더니 그의 어머니와 할머니가 소곤소곤 대화를 나누고 있더라는 겁니다. 그들(노인의 어머니와 할머니)은 다른 도시에 사는 먼 친척이 죽었다며, 노인이 (그때는 어린아이였는데) 어른들 대신 그 장례식에 다녀와야 한다고 했습니다. 별로 가고 싶지는 않았지만 어쩔 수 없이 길을 나서는 노인에게, 그의 할머니는 '곳쿠리상'이라는 강령술을 행합니다. 우리나라의 '분신사바'와 비슷한 이 의식을 통해, 할머니는 손주가 다른 도시에 다녀오는 길에 무엇을 조심하고 피해야 할지 알고 싶어 하죠. 놀라운 건 곳쿠리상의 태도였습니다. 평소에는 대답을 잘도 해 주더니, 그날따라 아무 말도 없이 침묵만 지켰으니까요. 한참만에 곳쿠리상이 내뱉은 말은 단 한마디였습니다.

"무……섭……다……"

제발 무슨 뜻인지 알려 달라는 할머니의 간청에, 곳쿠리상이 다시 종이 위에 짚어 준 글은 다음과 같습니다.

"시체(일본어로 '시카바네'라고 한다는군요.)와 잠들지 말라."

할머니는 그것을 장례식장에서 밤을 새우지 말라는 뜻으로 해석하고, 기차를 타러 가는 손주에게 신신당부합니다. 무슨 일이 있어도 오늘 안에 돌아오라고.

하지만 곳쿠리상 의식에 깃든 혼령이 말해 주려던 게 정말 그런 뜻이었을까요? 침대에 누운 채 멍한 눈초

리로 똑같은 말만 읊조리던 노인이 진짜로 하려던 얘긴 무엇이었을까요? 어딘가 모르게 으스스한 이 이야기는, 호러 미스터리의 대가인 일본 작가 미쓰다 신조의 소설집 『죽은 자의 녹취록』에 실린 단편 「시체와 잠들지 마라」의 일부 줄거리입니다.

어쩌면 이미 눈치챈 독자분이 있을지도 모르겠지만, 사실 이 두 편의 소설은 같은 것을 말하고 있습니다. 보이지 않고 만질 수도 없으며 느끼기도 힘들지만, 어딘가에 분명 실재하고 있는 것 — 바로 '의식' 혹은 '영혼'에 관한 이야기니까요.

SF 작가인 그렉 이건은 그것을 '의식'이라고 부르고 호러 작가인 미쓰다 신조는 거기에 '혼령'이라는 이름을 붙이지만, 결국 그 두 단어 사이의 차이는 세계를 바라보고 해석하는 방식의 다름에 기인할 뿐입니다. 덧붙이자면, 저는 '의식'과 '영혼'을 굳이 구분하지 않습니다. 아니, 정확히는 구분하지 못하는 걸지도 모르죠. 왜냐하면 세상에는 우리가 지각하지 못하지만 실재하는 — 실재할 가능성이 있는 — 것이 너무나 많기 때문입니다.

이제야 털어놓는 얘기지만, 저 또한 오래전 기이한

경험을 한 적이 있습니다. 고등학교 때의 일인데요, 당시 학생들 사이에서는 분신사바라는 놀이가 유행하고 있었습니다. 그때는 (잘 기억나진 않지만) 놀이의 이름이 '분신사바'도 아니었고 귀신을 부르기 위해 외우는 주문도 요즘과는 달랐죠.

본래 귀신이나 사후 세계 따위는 믿지 않는 데다 스스로 나름 과학적이고 합리적이라고 자부해 오던 저는, 그 말도 안 되는 미신적 광풍에 찬물을 끼얹고 싶은 욕망에 휩싸였습니다. 그래서 수업이 끝난 어느 토요일 오후, 친구들을 모두 모아 놓고 공개적으로 강령술을 행하기로 했습니다. 일종의 검증 비슷한 것을 하고자 했던 건데요. 그때의 분신사바는, 영화에서처럼 연필을 맞잡고 하는 것이 아니라 종이 한가운데 동전을 놓고 그 위에 세 명의 사람이 검지를 얹은 다음 주문을 외는 방식이었습니다. (나중에 찾아보니, 일본의 '곳쿠리상' 놀이가 바로 이런 식으로 행해진다고 하더군요.) 그렇게 손가락을 얹은 세 사람이 (이때 중요한 건, 반드시 홀수인 3인이 귀신을 불러야 한다는 거였어요. 그렇지 않으면, 그중 한 명에게 귀신이 씐다는 괴담이 있었거든요.) 주문을 외우면, 갑자기 동전이 움직이기 시작하며 혼령과 연결되는 것이었죠. 저는 맨 아래 손가락을 놓은 사람이 의도적으로 동전을 움직이는 거라고 믿었고, 그것을 입증하기 위해, 동전 바로 위에 직접 제 손가락을 얹었습니다. 정말로 동전이 움직이는지 확인하고, 모두를 공포에 떨게 했던 분신사바 놀이가 한낱 눈속임에 불과함을 증명할 계획이었죠. (그토록 학교 전체가 공포에 떨었던 이유는, 당시 한 친구가 밤에 독서실에서 혼자 분신사바를 한 뒤 어딘가 이상해져서 한동안 등교를 하지 못했던 사건이 있었기 때문입니다. 듣기로 그 친구는 나중에 어느 절의 스님에게서 구마 의식을 받고서야 정상으로 돌아왔다고 하는데, 그 또한 사실인지 아닌지 확인할 길은 없었지요.)

어쨌든, 그렇게 저를 포함한 세 사람이 동전에 손가락을 얹고, 꽤 많은 애들이 몰려와 지켜보는 가운데 강령술이 시작됐습니다. 친구들과 함께 주문을 외웠는데, 역시나 동전은 미동도 하지 않더군요.

'훗, 역시 모든 건 눈속임이었어.'

이렇게 중얼대며 우스꽝스러운 의식을 끝내려던 순간, 도무지 믿어지지 않는 일이 벌어졌습니다. 제 오른손 검지 아래 놓여 있던 동전이 갑자기 움직이기 시작했으니까요. 그 느낌을 설명하는 것은 지금도 어렵습니다. 동전이, 내부에 강한 추동력을 지닌 듯, 스스로의 힘으로 글자들을 향해 이동했으니까요. 만약 제가 직접 손가락을 대고 있지 않았더라면, 누군가 몰래 동전을 밀었다고 믿었을 겁니다. 하지만 저는 검증을 위해 일부러 맨 밑에 손가락을 놓았고, 그래서 동전을 움직이는 기묘하고도 강력한 힘을 손끝으로 생생하게 느낄 수 있었지요. 어리둥절했던 것도 잠시, 우리는 동전(에 깃든 뭔가)에게 이것저것 질문했습니다. 아직도 기억에 남는 것은, 동전의 주인이 자신에 대해 소개한 내용인데요. 그는 자기가 70대 노인이며 얼마 전 사고로 죽었다고 했습니다. 그 이야기를 듣는 순간, 갑자기 교실 전체가 어둑해지며 서늘한 기운이 덮쳐 왔고, 왠지 이 놀이를 그만해야 한다는 생각에 초조해지던 것이 기억납니다.

그 후 오랜 시간이 지났지만, 아직도 저는 그날 일어났던 일의 진실을 알아내지 못했습니다. 동전은 정말로 움직였고, 혼령이 (혹은 의식이) 깃든 듯 갖가지 질문에 구체적으로 대답하기까지 했으니까요. 결국 그 기묘한 경험은 제 삶의 몇몇 불가사의 중 하나로 남았습니다. 별로 무섭지는 않지만, 아무도 없는 깊은 밤 혼자 떠올리면 팔에 오소소 소름이 돋는, 그런 불가사의 말입니다.

생각해 보면 세상은 으스스한 비밀과 불가사의로 가득합니다. 여행지에서 즐거운 마음으로 호텔에 체크

인했을 때, 어쩌면 그 방에서는 며칠 전 누군가가 스스로 목숨을 끊었을지도 모릅니다. 주말 저녁 가족 모두가 모여 앉아 맛있는 저녁을 먹고 있을 때, 가까운 어딘가의 조그만 골방에서는 어떤 사람이 죄 없는 고양이의 털가죽을 벗기고 있을 수도 있지요. 매일 산책하는 공원 너머 어느 집에서는 고독사한 노인의 시체가 썩고 있고, 그 곁에는 갑작스레 주인을 잃은 개가 우두커니 앉아 이 사태의 의미를 파악하기 위해 노력하고 있을지도 모릅니다. 아무 생각 없이 지나다니는 길가 모퉁이 반지하 방에서는 부모가 방치한 채 버려 둔 아이가 뼈와 가죽만 남아 죽어 가고, 멀리 보이는 산속 어딘가에서는 눈에 핏발이 선 살인마가 죽은 자의 시체를 파묻고 있을지도 모를 일입니다. 세상에 절망한 사람은 쓰레기로 뒤덮인 집에서 서서히 사그라들고, 아무도 찾아오지 않는 요양원 침대에 누운 이들의 등과 엉덩이는 썩어 문드러져 녹아 흐를 테지요.

좀 더 먼 곳에는 더 거대한 불가사의들이 즐비합니다. 전쟁과 테러로 여자와 아이들, 노인들은 죽거나 다치고, 젊은이들은 이유도 모른 채 죽음을 향해 돌진하지요. 지진과 해일, 화산 폭발, 미사일과 드론의 공격으로 한순간에 살아갈 터전을 잃고 난민 캠프에 앉아 있는 아이들의 텅 빈 눈동자는, 슬프고 두려우면서도 무섭고 불안합니다. 그들이 우리와 같은 공간에서 같은 시간대를 살아가고 있다는 사실을, 도무지 믿을 수 없기 때문입니다. 그뿐만이 아닙니다. 때로는 —— 정말 믿어지지 않게도 —— 거대한 배가 통째로 바닷속으로 가라앉거나 다리가 무너져 사람들이 강으로 떨어지고 커다란 백화점이 순식간에 흔적도 없이 사라집니다. 그렇습니다. 이게 바로, 우리가 살아가는 '불가사의한 세계'인 거죠.

그에 비하면, 갑자기 지구 곳곳에 웜홀이 열리며 반경 수 킬로미터 이내의 모든 것이 (나무와 도로와 집과 건물과 그 안에 사는 사람들까지 모두 다) 흔적도 없이 사라져 먼지가 되는 그렉 이건의 세계는 덜 충격적입니다. 철도 건널목이나 전봇대 뒤에서 혼령이 스르르 출몰하는 미쓰다 신조의 세상과 칼을 든 살인마가 언제 뛰어나올지 모르는 현실 세계 중, 더 무섭고 불가사의한 곳은 과연 어느 쪽일까요?

누군가는 SF 소설과 호러가 완전히 상반된 장르라고 생각할지도 모릅니다. 하지만 이 두 장르에 대하여 위대한 작가 어슐러 K. 르 귄은 이미 이렇게 말한 바 있습니다. "구전문학이든 문자문학이든 환상문학이라는 광대한 영역에서 유령이 한 귀퉁이를 차지하고 있기 때문에, 그 귀퉁이에 친숙한 사람들은 그 일대를 모두 유령이야기 또는 호러라고 부른다. 이 구역에서 어떤 부분을 가장 좋아하는지 또는 싫어하는지에 따라 동화 나라라고 부르는 사람도 있고 사이언스픽션이라고 부르는 사람도 있다."● 더 나아가서 르 귄은 이런 말도 덧붙였는데요. "우리를 위해 '실제로 존재하지 않는 것들의 정신적 이미지'를 형성해 주는 것. 그 덕분에 우리가 사는 세상이 어떤 곳인지, 우리가 그 세상에서 어디로 가고 있는지, 무엇을 찬양하면 되는지, 무엇을 무서워해야 하는지 판단할 수 있게 된다."

다행히도 지금 이 순간의 현실은 안전합니다. 우리는 서재나 도서관 혹은 방 안에 앉아 그저 책을 읽고 있는 중이니까요. 여기서는 노란 우비를 입은 귀신이 강둑에 서서 물끄러미 쳐다보고 있지도 않고, 등산하는 길에 산괴에게 홀려 어디론가 사라질 일도 없으며, 죽은 자들의 뇌가 업로드된 음산한 디지털 세상은 먼 훗날에나 가

● 어슐러 K. 르 귄, 김승욱 옮김, 『마음에 이는 물결 — 작가, 독자, 상상력에 대하여』(현대문학, 2023), 76쪽.

능할 테고, 사방에서 웜홀이 열려 모든 걸 삼켜 버리지도 않으니까요.

그런데, 정말 그럴까요? 조용한 방에서 문을 닫고 앉아 있다면 우리는 괜찮은 걸까요? (어쩌면 여름맞이 납량 특집 도서가 될 지도 모를)『죽은 자의 녹취록』과『대여 금고』를 다 읽고 뒤를 돌아봤을 때, 어두운 창 너머에서 뭔가 희끄무레한 형체가 가만히 들여다보고 있지 않을 거라 장담할 수 있을까요?

그러므로 오늘의 결론은, 절대로 뒤를 돌아보지 말라는 것입니다. 만약 지금이 깊은 밤이라면, 더더욱 그래야겠죠. 등 뒤의 흐릿하고 뿌연 형체가 양자적 의식의 덩어리든 아니면 그저 흔히들 말하는 혼령이든 간에, 그것과 굳이 눈을 마주쳐서 좋을 일은 별로 없을 테니 말입니다.

종말의 날,
사과나무에 대한 (색다른) 고찰

▲　아라키 아카네, 『세상 끝의 살인』

두 달 뒤 소행성이 충돌한다는 뉴스가 나오고, 세상 사람들 모두가 절망과 공포에 빠진 가운데, 살인 사건이 일어납니다. 이때 드는 의문은 당연히 '대체 왜?'일 텐데요. 역대 최연소 에도가와 란포상 수상작가인 아라키 아카네의 소설 『세상 끝의 살인』에 나오는 주인공 역시, 잔혹하게 살해당한 시체 앞에서 같은 의문에 사로잡힙니다.

> 머릿속을 채운 가장 커다란 수수께끼는, 범인이 존재한다면, 그는 왜 여성을 죽였을까, 라는 것이었다.
> 원한 때문일까? ── 이제 곧 다 죽을 텐데?
> 아니면 금전 갈등? ── 이제 곧 다 죽을 텐데?

그것도 아니면 치정 갈등? —— 이제 곧 다 죽을 텐데?

두 달 남짓만 기다리면 다 죽을 텐데, 왜 지금 죽였을까?●

그런데, 종말을 앞두고 일어나는 연쇄 살인 사건에 대해 말하기 전에, 잠깐, 공룡들이 살던 6천6백만 년 전 백악기의 어느 날로 되돌아가 볼까 합니다. 에베레스트산 정도 크기의 소행성 하나가 지구를 향해 빠르게 돌진해 오던, 바로 그날로 말입니다. 곧 충돌이 일어날 테지만, 공룡들은 아무것도 모른 채 평소와 같은 하루를 보내고 있었지요. 입이 오리 부리를 닮아 '오리주둥이공룡'이라는 별명을 가졌던 에드몬토사우루스는 갓 알에서 깨어난 새끼들에게 먹이를 먹였고, 포악하기 그지없는 어미 티라노사우루스는 아기 티라노사우루스를 데리고 다니며 사냥하는 법을 가르쳤습니다. 체중은 73톤에 몸길이는 25미터가 넘는 거대 공룡 알라모사우루스는 돋아난 지 얼마 안 된 소나무 새순을 맛있게 뜯어먹으며 뿌듯한 표정으로 발밑 세계를 둘러봤을지도 모릅니다. 왜냐하면 지구의 지배자는 그들이었고, 그 사실은 영원히 변

●　아라키 아카네, 이규원 옮김, 『세상 끝의 살인』(북스피어, 2023), 50~51쪽.

치 않을 것처럼 보였으니까요.

하지만 소행성이 유카탄반도에 떨어지던 순간, 모든 게 변했습니다. 엄청난 폭발과 함께 무시무시한 열이 방사되며, 반경 1,000킬로미터 내의 모든 생명체가 순식간에 증발해 버렸습니다. 충돌의 충격으로 지진이 일어났고, 지구 전체를 가로지르는 지진파로 땅은 찢기고 뒤틀렸습니다. 대기권 밖까지 솟아올랐던 폭발의 잔해물이 중력에 이끌려 다시 떨어지며 불덩이가 되었고, 뜨겁게 달아오른 대기와 육지는 수백 도가 넘는 온도로 펄펄 끓었습니다. 공룡들은 거대한 불판으로 변한 지구에서 산 채로 익어 가며 고통으로 몸부림쳤지요. 그들이 도망칠 곳은 어디에도 없었습니다. 1억 5천만 년을 이어 온 공룡들의 시대가 끝나고 지구 전체가 회색 죽음으로 뒤덮이던 순간의 모습입니다.

이 장면들은 스티븐 스필버그가 제작한 넷플릭스 다큐멘터리 시리즈 「지구 위의 생명」 여섯 번째 에피소드인 '잿더미를 헤치고'의 앞부분을 간략히 요약한 것입니다. (잠시 덧붙이자면, 만약 누군가 세상에서 가장 슬픈 영화를 추천해 달라고 한다면, 「지구 위의 생명」에서 공룡 시대의 종말을 보라고 권하고 싶어요. 불지옥이 되어 버린 지구에서 공포와 고통으로 울부짖으며 서서히 죽어 가는 공룡들의 얼굴이, 며칠 밤 내내 떠오를 테니까요.)

어쨌거나 제가 하고 싶은 이야기는 다음과 같습니다. 공룡의 멸종에 관한 비하인드 스토리라고 볼 수도 있는데요. 어쩌면 그들은 고도의 문명을 이루고 살았던 걸지도 모릅니다. 1억 5천만 년이나 지구를 지배했으니 ── 그 후 일어난 지각 변동으로 흔적은 남지 않았지만 ── 뭐라도 이뤘을 거라고 보는 게 타당하지 않을까요?

문명을 일으킨 공룡들은 과학을 발전시킨 끝에 초지능(네, 맞습니다, 장안의 화제였던 챗GPT는 바로 이런 초지능의 가장 낮은 단계에 해당하지요.)까지 만들어 냈고, 자기들이 이룬 기술에 도취되어 하루하루를 살았습니다. 그들은 초지능의 판단을 완전히 신뢰했고, 마침내 결정하기 힘든 일은 모두 초지능에게 맡겨 버렸어요. 왜냐하면 초지능은 오직 이성과 합리의 기반 위에서 정확하게 미래를 예측하고 가장 올바른 판단을 내렸으니까요. 초지능 역시 자신에게 최초에 입력된 명령을 충실하게 따랐습니다. 그는 창조주인 공룡들의 안위와 행복만을 위해 열심히 일했지요. 먼 우주 어딘가에서 소행성이 지구를 향해 돌진해 오고 있다는 걸 알았을 때, 아마도 초지능은 깊은 고민에 빠졌을 겁니다. 엄청난 계산 능력을 가진 초지능은 소행성과 지구의 충돌을 막을 수 없다는 걸 알았고, 공룡들이 모두 죽게 될 미래를 정확히 예측했습니다. 이제 초지능에게 남은 것은, 단 한 가지 결정뿐이었죠. 그는 이렇게 생각했습니다. (아니, 이렇게 연산했습니다.)

'어차피 충돌은 막을 수 없어. 그렇다면 그걸 공룡들에게 알려야 할까? 그렇지 않아. 왜냐하면 나의 임무는 창조주인 공룡의 행복과 안위이니까. 결코 피할 수 없는 재앙을 미리 안다면, 종말의 순간까지 저들은 슬프고 불행한 시간을 보내야 할 거야. 그래, 차라리 모르는 게 낫지. 적어도 죽음을 맞을 때까지 비탄에 빠지진 않을 테니까.'

닥쳐올 비극을 전혀 모른 채 공룡들은 평온한 나날을 보냈고, 백악기의 초지능은 종말이 오든 말든 상관하지 않고 묵묵히 일했습니다. 그럴 수밖에 없는 것이, 애초부터 초지능은 감정 따위는 가지고 있지 않았으니까요. 그는 소행성이 부딪혀 대폭발이 일어나는 순간에도 평소와 다름없이 작동했고, 곧 하나의 불꽃이 되어 사라졌습니다. 나중에 검게 탄 공룡 사체들로 뒤덮인 지구에 잠시 불시착한 외계인이, 땅속 깊은 곳에서 타다 만 칩 하나를 발견했습니다. 그건 초지능의 마지막 잔해 같은 거였는데, 겨우 복구하여 컴퓨터 포트에 접속하자 지직

대는 소리와 함께 이런 말이 흘러나왔다고 합니다.

"내일 지구가 멸망한다고 해도 오늘 나는 사과나무를 심을 것이다."

그간 우리나라에서는 "내일 지구가 멸망한대도 오늘 나는 사과나무를 심겠다."라고 말한 사람이 네덜란드의 철학자 바뤼흐 스피노자라고 잘못 알려져 왔는데요. 어두컴컴한 골방에서 안경 렌즈 세공하는 일로 생계를 해결하며 스토아적 진리를 탐구하던 스피노자의 이미지만큼 저 말에 어울리는 사람도 없기에, 그동안 아무도 그 진위를 의심하지 않았던 것 같아요.

내일 지구가 멸망하는데도 사과나무나 심고 있겠다는 말도 안 되는 이야기가 처음 나온 건, 2차 대전 직후의 독일이라고 합니다. (말도 안 되는 이야기라고 한 건 순전히 제 개인적 견해임을 알려드립니다. 어쨌거나 저로서는 영원히 도달할 수 없는 기묘한 평온의 경지니까요.) 그때는 최초에 이 말을 한 사람이 종교개혁을 일으킨 마르틴 루터라고 알려졌는데, 어느 방송에서 누군가가 재인용한 뒤 유명해졌다고 하네요. 라디오에서 울려 퍼진 이 희망의 슬로건은 일파만파 퍼져 나갔고, 방송을 들은 사람들은 나무 심기 운동까지 벌이며 독일의 재건을 위해 노력했습니다. 하지만 한 저명한 루터 연구자에 따르면, 마르틴 루터는 저런 말을 한 적이 없다고 합니다. 그가 쓴 모든 책을 다 뒤졌지만, 종말의 날 하루 전 사과나무를 심겠다는 말은 어디에도 적혀 있지 않더라는 거지요.

　결국 전후 사정을 고려해 보면 "내일 지구가 멸망한다고 해도 오늘 나는 사과나무를 심겠다."라고 외친 사람은 차라리 정원사나 농부, 과수원 주인일 가능성이 높습니다. 왜냐하면 사람은 누구나 삶의 마지막 순간까지도 스스로에게 내재된 본성을 따를 것이기 때문입니다. 그럴 수밖에 없는 것이, 어차피 내일 지구에 소행성이 부딪혀 다 죽는다고 하면, 과연 별달리 할 수 있는 일이 있을까요? 어떤 이는 절망을 이기지 못해 목숨을 끊을 테고, 어떤 이는 그래도 살아 보겠다며 무의미한 대피를 할 것이며, 또 어떤 이는 슬픔과 불안을 밖으로 발산시켜 폭동의 무리에 끼어들겠지만, 대부분의 사람들은 그저 묵묵히 살아오던 대로 살다가 하늘을 가로지르며 날아오는 거대한 불꽃과 함께 증발하고 말 겁니다.

　『세상 끝의 살인』에 대해 이야기하겠다면서, 서두가 너무 길었던 것 같습니다. 다시 소설 얘기로 돌아가자면, 두 달 뒤 일본 후쿠오카 인근에 소행성이 떨어지게 됐고, 그것을 피할 길은 없으며, 지구상 인류 대부분이 죽으리라 예상되는 어느 시점이 작품의 시간적 배경입니다. 충돌 지점에서 조금이라도 멀리 떨어지겠다는 실낱같은 희망을 품고 많은 이들이 열도를 떠난 가운데, 여러 가지 사정으로 일본을 뜰 수 없는 사람들은 절망 속에서 위태로운 하루하루를 이어 갑니다. 그 와중에 주인공인 '나'는 운전면허를 따기 위해 교습을 받는데, 경찰서, 관공서, 학교까지 폐쇄된 그곳에 단 한 사람의 운전 학원 강사가 남아 있던 덕분입니다. '나'의 어머니는 소행성이 돌진해 오고 있다는 뉴스가 나온 다음 날 아무 말도 없이 사라졌고, 아버지는 공포와 고독을 이기지 못해 거실에서 목을 매 죽었습니다. 하나뿐인 동생은 히키코모리로 지내며 소행성이 떨어지든 말든 방에서 나올 생각도 하지 않고요. 별을 좋아하던 '나'는 소행성이 지구에 떨어지는 순간 구마모토에 있는 천문대에서 최후를 맞이하고 싶다는 소망으로 운전을 배우기 시작한 건데요, 어느 날, 학원 교습 차량 트렁크에서 칼에 온몸을 난자당해 죽은 여성의 시체를 발견하게 됩니다.

자, 여기서부터가 진짜 중요한 얘긴데요, 곧 지구가 멸망하고, 곳곳에 자살하거나 폭동에 희생당해 죽은 시체가 널려 있을 때, 그때 누군가에게 살해당한 사람을 발견한다면, 과연 우리 중 몇 명이나 그 사건을 파헤쳐 범인을 알아내려 할까요? 아니, 그런 상황에서 범인을 찾아내는 게 의미가 있기는 할까요? 어차피 며칠 뒤면 그 범인마저도 소행성의 충돌과 함께 한갓 수증기로 증발해 사라질 텐데 말입니다. 생각해 보면 살인범 역시 이해할 수 없긴 매한가지입니다. 그가 살해한 사람 또한 얼마 뒤 닥쳐올 종말의 날 죽음을 피할 수 없는 존재입니다. 그런데도 왜 살인범은 굳이 누군가를 죽이고 시체를 숨기는 번거로운 짓을 해야만 했던 걸까요?

다행인지 불행인지, '나'와 운전 강사는 "내일 지구가 멸망한다고 해도 오늘 나는 사과나무를 심을 것이다."라는 태도가 체화된 이들이었습니다. 그들은 얼핏 봐서는 아무 의미도 없어 뵈는 일에 뛰어드는데요, 그건 바로, 종말의 날을 앞두고 살인 사건을 수사하는 것입니다. 두 사람은, 공포와 혼란을 틈타 살인을 저지르는 범인을 찾아내기 위해 동분서주하며 많은 이들을 만나게 됩니다. 살인범을 쫓는 둘에게 사람들은 모두 같은 질문을 던지고, 그때마다 강사는 이렇게 말하죠.

긴지마는 웃는지 우는지 알 수 없는 얼굴로 머리를 긁적였다.
"두 분, 정말 수사를 할 겁니까?"

강사는 담담하게 대답했다.

"지구는 아직 끝나지 않았어요."

"지구는 아직 끝나지 않았다라, 대단하군요."●

누구나 마지막 순간에는 자기 안에 내재된 본성을 따르게 되는 걸까요? 지구 종말을 앞두고도 살인범은 자기 안에 담긴 살인의 본성을 따르고, 형사 또한 자신 안에 굳건히 자리한 형사의 본성을 따라 범인을 쫓으니 말입니다. 덧붙이자면, 운전 강사는 소행성 충돌이 예고되기 전에는 형사였습니다.

그러므로 우리는 결국 다시 사과나무의 이야기로 돌아가야 합니다. 내일 지구가 멸망한다 해도 사과나무를 심겠다고 말한 자가 누구인가, 라는 문제로 말이지요. 서두에서 언급했다시피, 아마도 처음 그 말을 한 존재는 백악기의 초지능이었을 가능성이 높습니다. 그는 창조주이자 주인인 공룡들의 행복을 위해 끝까지 침묵했고, AI로서 역할을 다한 끝에 장렬히 죽음을 맞았습니다. 추측건대 두 번째로 저 말을 중얼거린 이는, 전쟁으로 폐허가 되어 버린 과수원 한가운데 서 있던 농부일

●　　앞의 책, 129쪽.

겁니다. 그 절망적인 순간에, 그는 자기가 할 수 있는 유일한 일이 사과나무 심기라는 것을 알았으니까요. 사과나무를 심는 것은 그가 평생 해 온 일이고 그렇기에 벗어날 수 없는 일이며 운명처럼 자기 안에 아로새겨진 일이었겠지요.

언젠가 했던 얘기이기도 한데, 좋은 소설은 독자에게 답을 건네는 대신 질문을 던집니다. 그런 의미에서 이 소설 또한 좋은 소설이라 할 수 있고요. 왜냐하면, 결말에 이르러 범인은 밝혀지고 예정대로 소행성은 지구에 충돌하지만, 책장을 덮은 후에도 계속해서 질문이 이어지기 때문입니다. 왜 누군가는 내일 지구가 멸망한다고 해도 사과나무를 심어야 하는 걸까? 사과나무를 심는다는 건 과연 무슨 의미일까? 그건 희망을 말하는 걸까, 아니면 깊은 절망과 피할 수 없는 운명을 뜻하는 걸까?

꼬리에 꼬리를 무는 질문에 대한 대답은, 결국 각자의 내면에 달려 있을 겁니다. 우리가 믿고자 하는 세상, 우리가 보고자 하는 현실, 우리가 살아가길 바라는 세계가 무엇인가에 따라, 그 답은 달라질 수밖에 없으니까요.

곧 지구가 멸망하고
곳곳에 자살하거나
폭동에 희생당해
죽은 시체가 널려 있을 때,

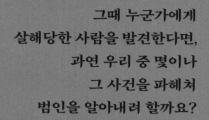

그때 누군가에게
살해당한 사람을 발견한다면,
과연 우리 중 몇이나
그 사건을 파헤쳐
범인을 알아내려 할까요?

{{{책을 둘러싼 죽음}을 둘러싼 이야기}에 대한 이야기}

▲ 이언 랜킨 외, 『백만 불짜리 속편 미스터리』
▲ 피터 스완슨, 『여덟 건의 완벽한 살인』

며칠 전 어느 저녁, 강아지 칸토와 산책을 하던 중 일어난 일입니다. 칸토가 이끄는 대로 걷다가 정신을 차려 보니, 낯선 골목에 서 있는 저 자신을 발견하게 된 거죠. 그리 늦은 시간도 아닌데 불이 다 꺼진 골목 모퉁이에, 조그맣게 빛나는 간판이 하나 보였습니다. 궁금한 마음에 다가가 보니 처음 보는 작은 책방이 있었습니다. 반가운 마음이 든 것은, 그 서점이 제 꿈의 책방과 거의 똑같은 모습을 띠고 있었기 때문입니다. 유리문은 언제 닦았는지 알 수 없을 정도로 먼지가 뽀얗고 안에는 온갖 책들이 미로처럼 가득 쌓여 있는 수상한 서점. 앞에 서서 기웃대는데, 거북 같은 분위기를 풍기는 주인이 밖을 내다보더군요. 머리가 희끗희끗하고 등이 살짝 구부정한 그는, 끼이익 소리 나게 문을 열고는 말했습니다.

"강아지도 들어올 수 있는 서점입니다."

저는 칸토와 함께 얼른 안으로 들어갔습니다.

이럴 수가! 그 서점은 그야말로 책의 미로, 책의 성, 책으로 이루어진 집 그 자체였습니다. 언제 출판됐는지조차 알 수 없는 오래되고 신비로운 책들이 두서없이 구석구석 쌓여 있었으니까요. 여기저기 둘러보고 있는데, 거북처럼 보이는 주인이 말했습니다.

"영업 마감까진 10분 남았어요."

뭐라도 하나 사야겠다는 압박감에 두리번대다 보니 '묶음 할인 판매'라고 적힌 한 무더기의 책이 보이더군요. 노끈으로 묶여 있는 그 책들을 사서 옆구리에 끼고 밖으로 나왔습니다. 그러고는 칸토와 집으로 돌아왔지요.

들어오자마자 책을 꽁꽁 묶어 놓은 노끈을 풀고 한 권씩 제목을 살피던 저는, 그만 깜짝 놀라고 말았습니다. 그중에 『토끼 인형 살인 사건』이라는 책이 들어 있었기 때문입니다. '아니야. 설마, 그럴 리가.' 속으로 중얼거리며 첫 장을 펼쳐 읽던 저의 손은 떨리기 시작했습니다. 앞에서도 얘기했지만, 『토끼 인형 살인 사건』은 제가 고등학교 때 쓰다가 만 추리소설입니다. 그런데 그 기묘한 책방에서 가져온 같은 제목의 책 도입부가, 오래전 썼던 제 소설과 똑같지 뭔가요. 당시 애거서 크리스티의 『그리고 아무도 없었다』를 읽고 큰 감명을 받은 저는, 그와 비슷한 스타일의 추리소설을 쓰기로 작정하고, 연습장에 볼펜으로 열심히 적어 내려갔습니다. 동요에 맞춰 살인이 일어나는 설정을 그대로 따라서, 『토끼 인형 살인 사건』에서는 "숲속 작은집 창가에 작은 사람 하나 섰는데, 토끼 한 마리가 달려와 하는 말……."이라는 노래에 맞춰 살인이 일어납니다. 범인은 범행 장소에 토끼 인형을 놓고 사라지는데, 그래서 제목도 그렇게 지었던 거고요. 하지만 중간쯤까지 썼던 소설은, 결국 흐지부지 끝나고 맙니다. 플롯을 짜기가 힘들었고, 그러다가 시험 시즌까지 닥치는 바람에 손을 놓았는데, 설상가상으로 소설을 쓰던 연습장까지 잃어버리고 말았기 때문입니다. 그렇게 한동안 잊고 지냈던 내 첫 번째 소설이 그 신비로운 책방에서 완성본으로 발견되다니.

표지 뒷면을 펼쳐 보니, 작가의 이름은 흐릿하게 지워져 보이지 않았습니다.

'이놈이 내 연습장을 주워서 가지고 있던 게 확실해!'

그렇게 생각한 저는, 다음 날 낮 다시 그 골목을 찾

아갔습니다. 이리저리 헤맨 끝에 겨우 찾아낸 책방 안은 어두웠습니다. 문은 열려 있었지만, 주인은 어디 갔는지 보이지 않고 불도 꺼져 있더군요. 안으로 들어가 책의 미로를 돌아다니는데, 문득 어디선가 인기척이 들렸습니다. 구석을 보니 지하로 내려가는 계단이 있었습니다.

"계세요?"

아래에 대고 몇 번을 불렀지만 아무도 올라오지 않기에, 저는 한 발 한 발 계단을 내려갔습니다. 문득 이런 문장이 떠오르더군요. (아마 어디서 보거나 읽은 게 아니라, 그냥 평소의 제 신념이었을 겁니다.)

"서점이라는 우주에서는 무슨 일이든 일어날 수 있다."

계단은 나선형이었는데, 다 내려가니 나무로 된 작은 문이 있었습니다. 그 문을 밀고 들어서자, 세상에! 비밀의 책방 지하에서 벌어지고 있는 놀라운 광경을 보며, 저는 그저 입을 벌린 채 서 있었습니다. 그렇습니다. 거기에서는 낡고 오래된 책들을 숙주 삼아 버섯을 키우고 있던 겁니다. 게다가 그 버섯은 평범한 느타리버섯이나 표고버섯, 팽이버섯 같은 게 아니었습니다. 사람을 미치게 만드는 환각의 광대버섯들이 무더기로 피어나 책장 갈피마다 자라고 있었지요! 아마도 서점 주인은 그렇게 재배한 광대버섯에서 환각물질을 추출해 어딘가에 팔고 있던 것 아닐까요.

'안 되겠어. 얼른 도망쳐야지!'

위험을 직감하고 돌아서려는 순간, 누군가가 제 어깨를 잡았습니다.

"여기 무슨 일로 왔습니까?"

저는 들고 있던 『토끼 인형 살인 사건』을 내밀며 말했습니다.

"지하를 엿보려던 건 아니에요. 다만, 이 책 작가를 알고 싶어서 온 것뿐이라고요. 분명 제 연습장 속 아이디어를 베낀 게 확실하니까요."

그러다가 저는, 깜짝 놀라며 책을 툭 떨어뜨렸습니다. 서점 주인의 얼굴이 거울에 비친 제 모습과 똑같았으니까요.

'뭐지? 광대버섯에 취한 건가?'

깜짝 놀라 눈을 번쩍 뜨니, 제가 있는 곳은 저희 집 서재 의자였습니다. 거기 비스듬히 기댄 채 한 손에는 오토 펜즐러가 엮은 『백만 불짜리 속편 미스터리』를, 또 다른 손에는 피터 스완슨이 쓴 『여덟 건의 완벽한 살인』을 들고 깜빡 잠이 들었던 거죠.

제목 그대로, 『백만 불짜리 속편 미스터리』의 표제작인 R.L.스타인의 「백만 불짜리 속편」은 첫 소설에서 큰 성공을 거둔 작가가 속편을 쓰지 못해 괴로워하는 장면으로 시작됩니다. 카페에 노트북을 펼치고 앉아 백만 불짜리 속편을 구상하며 머리를 쥐어뜯는 그에게, 한 남자가 다가와 다짜고짜 이렇게 외치죠.

"한 글자 한 글자, 한 줄 한 줄 말이야, 골드 씨. 당신이 내 원고를 도둑질했잖아."●

그때부터 작가와 남자는 쫓고 쫓기며, 그 와중에 엄청난 미인까지 등장해 이야기는 점점 더 흥미롭게, 그야말로 손에 땀을 쥐도록 흘러갑니다. 뉴욕에서 수십 년째 미스터리소설만 전문으로 다루는 서점을 운영해 온 오토 펜즐러가 편집한 이 책에는, 그 외에도 책을 둘러싼 죽음에 관한 흥미진진한 소설이 다섯 편이나 더 실려 있습니다. (참고로 말씀드리자면, 저는 오토 펜즐러가 엮은 시리즈 중 국내에 번역된 것들은 모두 소장하고 있어요. 진짜 멋진 책들이거든요!)

『여덟 건의 완벽한 살인』에는 보스턴에서 미스터

● 이언 랜킨 외, 오토 펜즐러 엮음, 김원희 옮김, 『백만 불짜리 속편 미스터리』(북스피어, 2022), 249쪽.

리소설만 취급하는 서점 주인이 주인공으로 나옵니다. 10여 년 전 그는 서점 블로그에 '여덟 건의 완벽한 살인'이라는 제목으로 여덟 권의 추리소설을 소개하는 포스트를 쓴 적이 있는데요. 어느 날 느닷없이 나타난 FBI 요원의 얘기를 듣고는 놀라움을 감추지 못하며 이렇게 반문합니다.

"누군가 내 리스트를 읽고 그 방법을 따라 하기로 했다는 겁니까? 그것도 죽어 마땅한 사람들을 죽이면서 요?"●

보스턴의 서점 주인 맬컴 커쇼(방금 말씀드린 책의 주인공 이름입니다.)가 블로그에 '여덟 건의 완벽한 살인'으로 소개한 책은 다음과 같습니다.

『붉은 저택의 비밀』
『살의』
『ABC 살인 사건』
『이중 배상』
『열차 안의 낯선 자들』

● 피터 스완슨, 노진선 옮김, 『여덟 건의 완벽한 살인』(푸른숲, 2022), 49쪽.

『익사자』

『죽음의 덫』

『비밀의 계절』

이 여덟 권 중에서 저는『살의』,『ABC 살인 사건』,
『이중 배상』,『열차 안의 낯선 자들』을 읽었고,『죽음의
덫』은 읽지 못했지만 아이라 레빈을 무척 좋아하며,『익
사자』역시 못 읽었지만 존 D.맥도날드가 원작을 쓴 영화
「케이프 피어」는 재미있게 보았지요.

결론은, 저 책들을 다 읽지 못했어도『여덟 건의 완
벽한 살인』을 읽는 데 아무 지장이 없다는 것입니다. 만
약 다 읽었다면, 그리고 평소 추리, 스릴러소설의 팬이라
면, 책을 읽으며 자주 미소 짓게 될 테고요. 마치 같은 책
을 좋아하는 사람과 대화를 나눌 때 서로 눈짓을 하며 고
개를 끄덕이듯 말입니다. 하지만 저기 있는 여덟 권 중
단 한 권도 본 적 없을지라도, 소설을 읽기 시작하면 마
지막 장에 이를 때까지 결코 손에서 내려놓을 수 없음을
각오해야 할 겁니다. 그러고는 아마도, 보스턴의 서점 주
인 맬컴 커쇼가 자신의 리스트를 따라서 살인을 저지르
는 미치광이 범인을 추적하는 긴 여정을 다 끝낼 때, 여
러분도 책을 덮으며 만족스러운 (그러나 왠지 깊은 슬픔이

깃든) 한숨을 내쉬겠지요.

어디선가 듣기로는 (혹은 읽었기로는) 보르헤스가 이렇게 말했다고 합니다. "천국이 있다면 도서관의 모습을 하고 있으리라." 그에 덧붙여 저는 언제나 주장하는 바입니다. "진정한 피서지는 서점의 형태를 띠고 있을 게 틀림없다." 그런데 만약 그 책방의 서가가 온통 스릴러, 추리물 등으로 꽉꽉 채워져 있다면, 아마도 그곳은 천국 위의 천국, 또는 피서지 너머의, 진정한 꿈의 피서지일 게 확실합니다. 그런 책방 어딘가의 구석, 작은 틈에 앉아 책장을 들춰 보다 보면, 어느새 더운 여름은 멀찍이 물러가고 주위엔 어둠이 내리며 서늘한 기운이 감돌 테니까요.

장담컨대, 이 두 권의 책, 『백만 불짜리 속편 미스터리』, 그리고 『여덟 건의 완벽한 살인』은 여러분을 바로 그런 장소로 순간이동시켜 줄 겁니다. 왜냐하면, 저에게도 이미 같은 일이 일어났으니까요.

수학은 어떻게
우리를 구원하는가,
혹은 죽이는가

▲ 안티 투오마이넨, 『토끼 귀 살인사건』

문제 당신은 헬싱키로 여행을 갔다. 숙소에 짐을 풀고 따끈한 커피 한 잔을 앞에 놓고 보니, 문득 좀 전에 길가 빵집에서 본 시나몬빵이 떠올랐다. "커피와 함께 시나몬빵을 먹으면 얼마나 맛있을까." 마침내 당신은 그 빵집까지 뛰어가 시나몬빵을 사 와야겠다고 결심한다. 하지만 과연 커피가 식기 전에 빵을 사 올 수 있을까? 만약 따뜻한 커피와 함께 시나몬빵을 먹으려면, 몇 분 안에 빵집까지 갔다 와야 할까?

(단, 현재 숙소 내 온도계는 섭씨 23.9도(화씨 72도)를 가리키고 있으며, 갓 내린 커피의 온도는 71도(화씨 160도)이다.)

중간고사 수학 문제지의 첫 장을 본 순간, 등에서 식은땀이 흐르기 시작했습니다. '아아, 이럴 줄 알았다면, 만화방에 가는 대신 미적분 문제집이나 풀 것을!' 야간자율학습 시간이면 학교에서 몰래 빠져나가 만화책을 읽다 돌아왔던 저 자신이 너무나 한심하게 여겨져, 머리를 쥐어뜯기 시작했습니다. 째깍째깍, 시곗바늘은 자꾸 뒤로 가는데, 시간의 흐름에 따른 온도 변화의 미분 방정식을 구할 가능성은 점점 줄어들어, 거의 0으로 수렴하고 있었죠. 그리고 이 문제를 풀지 못하면 이번 중간고사는 말 그대로, 빵점이 되는 거였습니다. 왜냐하면 기이하게도 커다란 8절지 종이 위에 문제라곤 딱 하나, 이것만 인쇄되어 있었으니까요.

　　혹시 눈치챘나요? 사실 이것은 제가 며칠 전 꾼 악몽의 일부입니다. 사람마다 몸이 안 좋거나 스트레스를 받을 때 꾸는 무시무시한 꿈이 있을 텐데요, 저에게는 그게 바로, 수학 문제 푸는 꿈입니다. 고등학교를 졸업한 지도 어언 수십 년이 흘러, 이젠 그때의 기억마저 가물가물한데도 불구하고, 저는 여전히 미적분 문제지 앞에서 진땀 흘리는 꿈을 자주 꿉니다. 꿈의 형태는 매번 똑같은데, 제가 도저히 풀 수 없는 미적분 시험지를 앞에 두고 망연자실한 채 두려움에 떨고 있는 거죠.

엊그제 꿈에 특히 저런 문제가 나온 이유는 (당연히 꿈속에서 본 문제를 정확히 기억해 낸 건 아닙니다. 다만 깨어나서 곰곰 생각하며 대충이나마 복기해 봤을 뿐이죠.) 최근에 읽은 소설『토끼 귀 살인사건』때문일 겁니다. 소설의 배경은 핀란드 헬싱키 인근의 어느 놀이공원이고, (수학자이자 전직 보험계리사인 주인공 헨리는 그곳이 그저 평범한 놀이공원이 아니라 여러 가지 어드벤처를 즐기는 '탐험공원'이라고 힘주어 강조하지만 말입니다.) 갑자기 나타나 헨리의 목숨을 노리는 악당은 이상하리만치 시나몬빵에 집착하며, (그는 악당 노릇을 하느라 바쁜 와중에도 틈틈이 자기가 개발한 레시피로 시나몬빵을 굽습니다. 유기농 밀가루로 구운 게 아니면 진짜 시나몬빵이 아니라고 외치며 자신이 만든 빵에 엄청난 자부심을 드러내지요.) 소설 중간쯤에는 한 잔의 커피가 전체 이야기의 흐름을 바꾸고 주요 등장인물의 운명까지 좌지우지하니까요.

그래서 하는 말인데, 이 소설, 안티 투오마이넨의『토끼 귀 살인사건』을 읽고 나서, 한동안은 헬싱키에 가서 시나몬빵을 먹고 싶다는 생각에 사로잡혀 있었습니다. 결국 단념하고 집 앞 빵집에서 계피맛 나는 빵을 사 먹는 걸로 때우긴 했지만요.

그런데 왜 저는 그렇게도 미적분 앞에만 서면 한없

이 작아지는 걸까요? 생각해 보면, 고등학교 2학년 때 미적분 수업을 듣기 전까지는 나름 수학을 좋아한다고 여기며 살았던 것 같습니다. 하지만 미적분을 배우면서부터, SF영화 한 편 때문에 이과를 선택하고 (정확히는 「로보캅」이라는 영화였습니다. 마지막 장면에서 감동과 충격에 사로잡힌 저는, 눈물이 그렁그렁해진 채 휴머니즘으로 가득한 로봇을 만드는 데 일생을 바치겠다고 결심했고, 갑자기 이과로 진로를 바꾸어 버렸지요. 주위에서 다들 말렸지만—당시 모두가 제게 말했습니다. "정신 차려. 넌 문과가 딱이야!"—들은 체도 하지 않고, 고집과 의지로 밀고 나간 결정이었어요.) 미적분, 확률과 통계, 기하와 벡터를 공부하기로 한 일이 얼마나 무모한 짓이었는지 마음 깊이 깨닫게 되었습니다.

　물론 확률과 통계, 기하와 벡터도 어려웠지만, 특히 미적분이 문제였는데, 뭐랄까 그건 완전히 저의 직관을 벗어나는 학문이었습니다. '함수의 극한'만 떠올려 봐도, 저로서는 어떤 수 a에 한없이 가까워지는 상황이 결국은 a와 같다는, 수렴의 개념을 받아들일 수 없었으니까요. 예를 들어서, 함수 '$f(x)=x+2$'에서 x가 2에 한없이 가까워지면 $f(x)$의 값 역시 4에 한없이 가까워지지만, 그렇다고 해서 그게 결코 4에 도달한다는 걸 의미하는 건 아니잖아요. 그렇지 않은가요?

잠에서 깨어나 그 모든 게 꿈이었음을 깨달았음에도, 저는 왠지 마음이 가라앉지 않아 거실을 이리저리 거닐었습니다. 그러다가 책꽂이에서 『미적분으로 바라본 하루』를 꺼내 펼쳐 들었죠. 그 책 어디쯤엔가 미분 방정식을 이용해서 시간에 따른 커피 온도를 계산하는 방법이 나와 있거든요. 찾아본 바에 따르면, 위와 같은 상황에서 커피 온도 함수 T(t)는 다음과 같이 정의할 수 있다고 합니다.

$$T(t) = 75 + 85e^{-0.318t}$$

여기서 T는 커피의 온도, t는 시간이고요, 이 냉각 법칙을 처음 만든 사람은 뉴턴이라고 하네요. (네, 맞습니다. 사과 한 알을 보고 중력을 떠올린, 바로 그 아이작 뉴턴 말입니다.) 하긴 아이작 뉴턴은 아래와 같은 말까지 했으니, 저런 식 만드는 것쯤은 식은죽 먹기였겠지만요.

"신은 만물을 수로 만들었다."

그러고 보면, 필즈상을 수상한 허준이 박사 같은 사람들은, 헝가리의 수학자 폴 에르되시(1913~1996)가 했다는 이 말을 들으며 빙긋이 미소 지을지도 모릅니다. "왜 숫자는 아름다운가. 이 질문은 베토벤 9번 교향곡이 왜 아름다운가와 같은 것이다. 당신이 이유를 알 수 없다면, 남들도 말해 줄 수 없다." 하지만 저와 같은 비(非)수학인들은, 웃지도 못하고 그렇다고 화를 내지도 못한 채 —— 왜냐하면, 수학을 좋아하지 않음에도 불구하고 여전히 수와 수학에 대한 남모를 동경 같은 걸 마음에 품고 살아가기 때문입니다 —— 애매모호한 표정으로 사방을 두리번대겠지요.

천재 수학자들이 남긴 명언은, 이것 말고도 수백, 수천 가지가 더 있습니다. 대표적인 것은 아마도 존 폰 노이만이 했던 말이 아닐까 싶은데요.

"수학이 단순하다는 것을 믿지 않는 사람은, 오로지 삶이 얼마나 복잡한가를 깨닫지 못하기 때문이다."

만약 노이만의 얘기가 옳다면, 저는 수학이 단순한 것도 깨닫지 못하고 그렇기에 삶이 얼마나 복잡한가도 알지 못하는, 슬픈 영혼의 소유자일 따름입니다.

사실 알고 보면 수학은 우리에게 모든 질문에 대한 모든 답을 알려 줍니다. 받아들이는 사람이 이해하느냐 못하느냐와는 별개로 말이죠. 예를 들자면, 수학은 이 우주가 영원히 반복될 수도 있음을 말해 줍니다. 바로 '푸앵카레의 재귀정리'라는 것을 통해서 말입니다. 프랑스의 수학자 앙리 푸앵카레(1854~1912)가 증명한 재귀정리에 의하면, 유한한 계는 어떤 시간(이걸 푸앵카레의 재귀 시간 이라고 한다는군요.)이 지나면 반드시 원래와 비슷한, 거의 똑같은 상태로 되돌아온다고 합니다. 직관적으로는, 시 곗바늘이 한 바퀴를 돌아 원래 자리로 돌아오는 모습을 상상하면 된다고 하는데요. 따라서 이 우주가 유한하다 면, 충분한 시간이 지난 후 언젠가는 (어딘가의 어느 유명 한 수학자가 계산해 보니, 숫자로는 도저히 표현할 수 없을 만 큼 무한에 가까운 긴 시간이 걸린다고는 하지만요.) 우리 모두 가 지금과 똑같은 자리에서 똑같은 일을 또다시 하고 있 게 될 겁니다.

　(현재의 삶이 만족스러운 사람들에겐) 어쩐지 희망차면 서도, (지금 여기가 불만족스러운 이들에겐) 어딘가 모르게 오싹한 세상 아닐까요? 앙리 푸앵카레가 수학적으로 증 명했다는 우주의 미래 말이에요.

　그렇지만 수학이 이런 거대하고 어마어마한 것들만 다루지는 않습니다. 이 글의 처음에도 나와 있듯이, 우리 는 수학을 이용해 커피가 식는 시간을 예측할 수 있습니 다. 따끈한 시나몬빵과 커피를 함께 먹으려면 어느 정도 의 속도로 빵집까지 뛰어야 하는지를, 단번에 알 수 있는 거죠. (물론 저라면 그걸 계산할 시간에 조금이라도 빨리 달려 나가 시나몬빵을 사 오겠지만 말입니다.) 수학에 통달하고 있다면, 자전거를 타고 시골길을 달리는데 뒤에서 수상한 차가 따라오는 것을 발견하는 순간, 좀 더 정확하고 치밀하게 대응할 수도 있습니다. 빠르게 사방을 훑어보고 길옆 작은 제방과 풀숲의 높이를 가늠한 뒤, 어떤 각도로 틀면서 그쪽으로 몸을 던지는 게 좋을지 알아낼 수 있다는 건데요. 당연히 뒤따라오던 수상한 자동차는, 비(非)수학적으로 반응하여 속절없이 추락할 것입니다.

말 그대로, 수학으로 목숨을 구한 사례에 해당할 이 에피소드는, 『토끼 귀 살인사건』의 주인공인 헨리에게 실제로 일어난 일이기도 합니다. 수학자이면서 보험계리사였던 그는, 일생을 수학적으로 살며 수학적으로 판단했고, 그렇기에 이런 절체절명의 상황에서도 빠른 수학적 판단력으로 생명을 구할 수 있었던 거죠.

잠깐만요. 그전에 먼저, 헨리가 어떻게 해서 회사에서 잘리고 형이 유산으로 남긴 놀이공원을 떠안게 되었는지부터 알아야겠네요. 그는 혼란한 세상에서 믿을 건 수학뿐이라고 생각하는, 뼛속부터 피부 거죽까지 모든 게 수학으로 점철된 사람입니다. 게다가 지독한 염세주의자이기까지 한데, 헨리의 머릿속에는 항상 쇼펜하우어가 쓴 「인생의 허무와 고통에 관하여」라는 에세이의 한 문장이 맴돌고 있습니다.

> 인간이라는 존재는 (······) 전적으로 계약된 빚과 같은 특성을 갖는다. 그리고 이 빚은 이 존재를 통해 공고해지는 긴급한 욕망, 괴로운 욕구, 끝없는 고통이라는 형태로 변제하기를 요구받는다. 인생은 보통 이 빚을 갚는 일로 점철된다. 하지만 이자만을 갚을 수 있을 뿐이다. 납입은 죽음을 통해 이루어진다. 그렇다면 이 빚은 언제 얻었을까? 태어나면서부터.●

헨리에게 쇼펜하우어의 저 말은, 전공이었던 "수학의 엄격함과 합쳐져서" 세상에서 살아남는 유일한 방법으로 여겨집니다. 그는 "사실과 합리성, 미래 계획, 통제력, 유리한 것과 그렇지 않은 것을 파악하는 능력을 바탕으로 삶을 살아가겠다고 다짐"하고, "수학이 그 열쇠임"을 깨닫습니다. "사람은 배신하지만 숫자는 배신하지 않는다"는 모토를 마음에 새기며 성장한 그는 수학과를 졸

● 안티 투오마이넨, 김지원 옮김, 『토끼 귀 살인사건』(은행나무, 2023), 261쪽.

업하고 보험회사에 취직하게 되지요.

　보험계리사로서 그는, 언제나 맡은 일을 정확하고도 철두철미하게 해내지만, 동료들은 모두 그를 싫어하며 슬슬 피합니다. 그러다가 결국 해고당한 헨리 앞으로 한 통의 편지가 도착하는데요, 그건 그와는 정반대 성격을 가졌던, 그야말로 예측불허의 충동적 삶을 살아온 형이 남긴 유언장이었습니다. 형은 헬싱키 외곽에서 이름도 괴상한 '너랑나랑공원'을 운영하던 중 갑자기 심장마비로 사망했고, 형의 변호사가 "하지만 넌 수학 천재잖아! 날 위해서 공원이 계속 돌아갈 수 있게 봐줄 수 있을까? 그게 내 마지막 소원이야. 사실, 내 유일한 소원이지."●라고 적힌 유언장을 그에게 보내온 거였죠.

　정확하고 수학적인 헨리가 보기에, 빚더미에 짓눌려 있는, 게다가 직원들마저 어딘지 모르게 이상한 놀이공원을 맡는 일은 너무나 비현실적입니다. 수지타산도 맞지 않거니와 무엇보다도 자기 성격과도 맞지 않는 일이었죠. 하지만 공원을 방문했다가 불꽃처럼 타오르는 빨간 머리의 열정적인 직원 라우라를 만난 뒤, 그는 뭔가에 홀린 듯 너랑나랑공원을 맡게 됩니다. 동시에, 그동

●　앞의 책, 53쪽.

안 모든 나날을 수학적으로 정확하게 통제하며 보내온 헨리 앞에, 지금까지와는 완전히 다른 하루하루가 펼쳐집니다. 어디선가 악당이 나타나 목숨을 위협하고, 한밤중에 누군가가 숨어 들어와 칼로 찌르려 하며, 처음으로 사랑을 하게 되고, 마침내는 놀이공원 마스코트인 분홍색 플라스틱 토끼 귀로 사람을 죽이기까지 하니 말입니다. (노파심에 하는 얘기지만, 이건 스포일러가 아닙니다. 헨리가 분홍색 플라스틱 토끼 귀로 누군가를 때려죽이는 이야기는, 소설의 맨 첫 장면에 나옵니다. 다음 페이지부터, 그가 왜 그런 일을 저지를 수밖에 없었나를, 시간을 거슬러 올라가 서술하는 구조거든요.)

더 얘기하면 정말로 스포일러가 되겠기에 입을 다물겠지만, 『토끼 귀 살인사건』을 읽는다면, 우리는 어떻게 수학으로 살아남고 수학으로 누군가를 죽일 수 있는지 이해하게 됩니다. 그리고 아이작 뉴턴이 했다는 말, "신은 만물을 수로 만들었다."에 담긴 자그마한 허점도 알게 됩니다. 신은 만물을 수로 만들었을지 모르지만, '신'과 '수'를 처음 생각해 낸 존재는 바로, 살아서 숨 쉬고 꿈꾸는 우리 자신이니까요.

그래서 살짝 귀띔해 드리자면, 헨리도 결국에는 똑

같은 걸 깨닫습니다. 세상에는 방정식으로 표현할 수 없는 뭔가가 있으며, 그 '뭔가'를 통해 삶이 비로소 빛난다는 사실을 받아들이는 거죠.

끝으로 한 가지 덧붙이고 싶은 게 있습니다. 처음 구상했던 글의 제목은 "시나몬빵과 커피는 어떻게 우리를 구원할까"였다는 건데요. 앞서도 말했지만, 책을 다 읽어 갈 즈음에는, 집 앞 빵집에라도 가서 시나몬빵을 사 와야겠다는 생각이 머릿속을 가득 채우고 있었습니다. 실제로 나가서 사다 먹기도 했고요. 물론, 빵을 사러 나가기 전, 커피 원두가 집에 있는지 확인해 보는 것도 잊지 않았습니다. 나중에 책을 읽어 보면 알겠지만, 시나몬빵과 커피, 이 둘의 조합은 (여러 의미에서) 정말 중요하고 또 중요하니 말입니다.

창문 넘어 '미래로부터' 도망친
100세 노인은 어디로 갈 수 있을까?

▲   고바야시 야스미, 『미래로부터의 탈출』

스웨덴의 어느 요양원에 살던 알란 칼손은 100세가 되던 생일날 창문을 뛰어넘어 탈출을 감행합니다. 그는 창턱에 올라서서 (생각보다) 가뿐히 화단으로 뛰어내리지요. 뛰어내릴 때의 충격으로 무릎에서 삐걱대는 소리가 나긴 하지만, 그래도 알란은 걸어서 그곳을 빠져나와 역까지 가는 데 성공합니다. 그리고 만약 이 모든 것이 사실이라면 ── 물론 저는 사실이라는 데 만 원을 걸겠지만요. 왜냐하면 소설 속 이야기란, 알고 보면 어딘가 다른 차원의 우주에서 실제로 일어난 일이 기묘한 전파 과정을 거쳐 작가의 손을 타고 흘러나오는 것에 불과하니까요 ──『창문 넘어 도망친 100세 노인』의 주인공인 알란 칼손은 정말 억세게도 운이 좋은 노인일 겁니다. 그는 100살까지 살았고, 그럼에도 창을 넘어 도망칠 기력과 체력을 모두 갖추고 있습니다. 거기에 더해 화끈하게 도망쳐서 온갖 모험을 즐길 정신적 여유와 뛰어난 두뇌 회전 능력까지 다 가진 사람이지요.

하지만 이제부터 얘기할 인물, 사부로는 좀 다릅니다. 그는 아무도 찾아오지 않는 어딘지 알 수 없는 요양원에서 자신이 누구인지 무엇을 했던 사람인지 심지어는 나이가 몇 살인지조차 헷갈린 채 살아갑니다. 과거를 회상하면 뭔가 뿌연 연기 같은 것이 머릿속을 뒤덮고, 왠지 자기가 100살쯤 됐을 듯한 느낌만을 가지고 있을 뿐이죠. 무엇보다도 그는 휠체어 없이는 거의 아무것도 하지 못합니다. 그야말로 보편적인 노화의 과정을 그대로 밟아 온 노인이라고 할까요.

그전에 잠깐 '노화'란 무엇인지 살펴볼 필요가 있습니다. 사실 노화는, 전 세계적으로 일어나는 죽음과 고통의 가장 큰 원인입니다. 이상하게 들릴지 모르지만, 과학자인 앤드류 스틸이 그의 책 『에이지리스』(브론스테인, 2021) 서두에서 분명히 그렇게 말했죠. 제아무리 건강하고 뛰어난 사람도 나이가 들면 서서히 신체 기능이 쇠퇴하고 갖가지 질병에 취약해지며 심지어는 기억력까지 떨어진 채 죽음에 이르고 맙니다. 슬프게도 아직까지는 (굳이 '아직까지는'이라고 한 것은, 노화에 맞서는 연구를 하는 과학자들이 점점 많아지고 있기 때문입니다. 꿈 같은 이야기일지 몰라도, 그들은 결국 노화가 '치료' 가능하다고 믿고 있지요.) 세상 그 누구도 노화와 죽음을 피할 수 없습니다.

따라서 고바야시 야스미의 SF 미스터리 『미래로부터의 탈출』에서 사부로가 휠체어도 없이 붕붕 날아다닌다면 오히려 이상할 겁니다. 왜냐하면 그는 느낌상 최소 100년은 살았고 어쩌면 그보다 더 오래 살아왔을지도 모르니까요. 그러던 어느 날, ·요양원에서 평소와 같이 텔레비전을 보던 사부로의 머릿속에 어떤 느낌이 휙 스쳐 갑니다. 그는 지금 텔레비전에 나오는 스포츠 경기를 전에 봤다고 기억해 냅니다. 그것을 계기로 자신이 이 요양원에 어떻게 오게 됐는지를 떠올리기 위해 애쓰는데요, 그럴수록 점점 더 모든 것이 흐릿해지며 짙은 안개 속으로 빠져드는 거지요.

급히 방으로 돌아온 사부로는 일기장을 뒤져보다가 누군가가 몰래 적어 놓은 충격적인 암호를 발견합니다. 그 메시지에 의하면 이곳은 감옥이고 그는 갇혀 있으며 요양원 곳곳에 탈출을 도울 퍼즐이 숨겨져 있다는 겁니다. 그는 뜻을 같이하는 세 명의 노인을 더 모아 탈출을 꿈꾸기에 이릅니다. 그런데 과연 사부로는 정말로 어디에 있는 걸까요? 그들에게 친절히 대해 주는 직원들의 정체는 무엇이며 자기만 볼 수 있는 일기장에 암호 메시지를 숨겨 둔 자는 누구일까요?

만약 스웨덴의 작은 마을에 살던 알란 칼손이라면, 한시도 지체하지 않고 모든 계획을 행동에 옮겼을 겁니다. 적어도 그는 혼자 힘으로 움직이고 달릴 수 있으니까요. 하지만 사부로와 세 명의 노인들은 그렇지 않습니다. 그들에게는 휠체어가 필요하고, 요양원은 이상하리만치 보안이 철저해서 (다른 노인들의 추측에 의하면, 치매에 걸린 이들이 문을 열고 나가서 실종되기라도 하면 큰일이니 그런 거라고 합니다. 일견 수긍이 가는 의견이기에, 사부로도 어쩔 수 없이 동의하지요. 일단 그 자신마저도 자기가 몇 살인지 왜 여기에 있는지 무슨 일을 했는지 전혀 기억하지 못하니 말입니다.) 직원들이 지문으로 생체 인증을 하지 않는 한 절대 열 수 없습니다. 어쨌거나 천신만고 끝에 1차 탈출을 감행한 사부로는 최대한 열심히 휠체어 바퀴를 굴려 앞으로 나아갑니다. 멀리 보이는 숲을 향해, 비밀에 휩싸인 자신의 과거와 기억을 향해.

소설의 전반부는 이렇게 추리물의 형태를 띠고 있습니다. 사부로와 세 노인이 탐정의 역할을 하고 그들을 둘러싼 배경 속에 숨어 있는 암호를 해독하는 거지요. 그들에게 요양원은 비밀로 가득한 하나의 거대한 텍스트입니다. 벽지의 얼룩, 벤치 사이의 좁은 틈, 직원의 미묘한 표정, 그 어디에나 풀어야 할 암호에 대한 암시가 담겨 있지요. 만약 그 자디잔 암호들 중 하나라도 놓치거나 오역한다면, 사부로와 노인들의 탈출은 불가능하게 되고, 영원히, 그야말로 늙어 죽을 때까지 이 감옥 같은 (모든 게 사부로의 망상이고 그는 그저 치매에 걸린 노인이라 해도, 아무 데로도 나갈 수 없는 그 요양원은 결국 감옥과 다를 바 없으니까요.) 장소에 갇혀 있어야 합니다.

전반이 추리물이라면, 소설의 후반에서는 SF적인 전개가 펼쳐집니다. 사부로는 마침내 자신과 세계의 비밀을 맞닥뜨리는데, 그런 의미에서 책의 표지는 참 많은 것을 담고 있습니다. (그러나 더 이야기하면 스포일러가 될 수도 있기에, 이쯤에서 그만하겠습니다. 궁금하다면 결국 읽어 보는 수밖에 없겠지요.)

이 책은 300페이지 두께에 글자 크기도 그리 작지 않습니다. 마음만 먹는다면 하룻밤에 다 읽을 수 있죠. 그런데 이 정도 분량의 책 속에 고바야시 야스미는 굉장히 많은 생각할 거리를 던져 놨습니다. 가벼운 마음으로 침대에 몸을 파묻은 채 재미나게 읽다가, 마지막 페이지에 다다라 뭔가에 한 대 맞은 듯, 혹은 뭐라 표현할 수 없는 이상한 슬픔에 빠져 한참 동안 가만히 있게 되니까요. 그는 우리에게 인간, 더 나아가서는 생명체의 존재 의미를 묻고자 했던 겁니다.

끝으로, 작가인 고바야시 야스미에게 사랑과 감사를 담아 인사를 건넵니다. 그는 암으로 투병하면서도 펜을 놓지 않았고, 바로 이 책 『미래로부터의 탈출』은 그의 유작이 되었습니다. 고바야시 야스미를 처음 만난 것은 10여 넌 전 『커다란 숲의 자그마한 밀실』이라는 소설을 통해서였는데, 바로 그 순간부터 저는 야스미의 기기묘묘한 세계에 빠져들었지요.

소설에서 사부로는 동료 노인과 아래와 같은 대화를 나눕니다.

"그럼 이번 탈출에 무슨 의미가 있어?"

"좋은 질문이야. 나는 탈출할 가능성이 1퍼센트라도 있다면 시도해야 한다고 생각해. 그러다 보면 언젠가는 정말로 성공할 테니까."

"0.1퍼센트라도?"

"0.1퍼센트라도, 0.01퍼센트라도, 1억분의 1퍼센트라도

있다면 해야지."●

　그리고 이것이야말로 고바야시 야스미가 하고 싶던 말 아닐까요. 죽음을 눈앞에 두고도 끝까지 소설을 썼던 것도 이런 마음에서 비롯된 건지 모릅니다. 0.1퍼센트라도 혹은 1억분의 1퍼센트라도 가능성이 있다면 해 보겠다는 마음.

　『책으로 천년을 사는 법』에서 움베르토 에코는, 책에는 지금까지의 모든 과거가 담겨 있기에 책을 읽는다는 것은 과거를 향해 영원히 사는 것과 같다고 했습니다. 만약 그렇다면, 고바야시 야스미도 자신의 책들을 통해 과거로 영원히 살 것입니다. 그리고 보니, 그의 마지막 소설 『미래로부터의 탈출』에 벌써 그런 암시가 담겨 있는 듯합니다. 미래로부터의 탈출이라니. 도대체 어디로?

●　고바야시 야스미, 김은모 옮김, 『미래로부터의 탈출』(검은숲, 2021), 296쪽.

멀리 보이는 숲을 향해,
비밀에 휩싸인 자신의 과거와
기억을 향해.

미래로부터의
탈출이라니.

도대체 어디로?

2장

우리⋯는
어디에서 왔고
무엇이며
어디로 가는가?

존재의 기원을 좇는
과학책

지금 어쩌면 시공간의 끝에 있을
나 자신을 위하여

▲ 브라이언 그린, 『엔드 오브 타임』

이 책에 대하여 말하려면, 먼저 150년 전 오스트리아 비엔나의 어느 실험실로 거슬러 올라가는 게 좋을 겁니다. 어두컴컴한 (왜냐하면 그땐 아직 전구가 상용화되기 전일 테니까요.) 작은 방 안에는 수염을 텁수룩하게 기른 남자가 프록코트 단추를 끝까지 채운 채 깊은 생각에 잠겨 있지요. 그는 통계역학과 열역학으로 유명한 물리학자 루트비히 볼츠만(1844~1906)이고, 그가 발견한 것은 그 후 과학이 시간과 공간을 바라보는 시선에 엄청난 영향을 끼치게 될 기묘한 사실이었습니다.

　　만약 적절한 온도의 물체를 충분히 오랜 시간 놔둔다면 (말이 '충분한 시간'이지 사실상 무한에 가까운 시간이 필요하겠지만요.) 아무리 복잡한 원자 배열을 가진 존재라도 우연히 만들어질 수 있다는 것인데요. 쉽게 말해서, 원자가 가득한 어떤 공간이 있고 그곳의 온도가 적당하다면 언젠가는 그 원자들이 모여 '나 자신'을 (네, 그렇습니다. 저 자신 말입니다.) 만들어 낼 수도 있다는 뜻입니다. (당연히 저만이 아니라 이 글을 읽고 있을 여러분 중 누군가도 만들어질 수 있습니다. 말이 안 된다고 느끼겠지만, 물리적으로는 확실히 그렇다고 하네요.)

볼츠만의 이런 발견을 바탕으로 현대물리학이 상상해 낸 것은 훨씬 더 이상합니다. 그들은 '볼츠만 두뇌'라는 현상, 혹은 존재를 떠올렸는데요, 그건 어느 먼 미래, 우주는 끝나고 태양과 지구, 은하계 역시 사라진 텅 빈 공간에서 한없이 긴 시간을 떠돌던 원자와 분자들이 우연히 모여들어 인간의 뇌와 똑같은 상태로 재배열된 것을 의미합니다.

그런데, 영겁의 시간이 지난 어느 때, 텅 빈 우주 공간에 만들어진 볼츠만의 뇌가 지금 이 순간 글을 쓰고 있는 저 자신의 뇌와 같은 물리적 구성을 가진다면, 그 외로운 두뇌는 자기가 정말로 누구인지 알 수 있을까요? 찰나적으로만 존재할지언정 그것은 저와 같은 정체성을 지니고 똑같은 꿈, 기억, 삶의 감각을 공유할 것입니다.

아마도 차갑고 검은 우주를 부유하며, 그 뇌는 이렇게 생각하겠지요.

"나는 지금 컬럼비아 대학교 물리학과 수학 교수이자 초끈이론의 선두 주자인 브라이언 그린의 책 『엔드 오브 타임』의 리뷰를 쓰고 있지."

그리고 만약 그 떠돌던 입자들이 여러분 중 누군가의 뇌와 똑같은 입자 구성으로 배열된다면, 그 외롭고 쓸쓸한 뇌는 이런 생각을 하겠지요.

"난 지금 기묘한 서평집에 실린 어떤 물리학 책의 리뷰를 읽고 있어."

아쉽게도, 브라이언 그린에 의하면 '볼츠만의 뇌'는 그리 오래가지 못한다고 합니다. 단단한 두개골 안에서 보호받으며 수많은 혈관을 통해 산소와 영양분을 공급받는 진짜 뇌와 달리, 이 외로운 두뇌는 진공의 검은 우주에 둥둥 떠 있는 불안정한 입자 덩어리에 불과하니까요. 게다가 시공간이 종말에 도달한 우주의 끝에서는 주위의 온도가 너무 낮아진 나머지, 뇌— 그저 여기 공간에 떠서 사고만 한다는 의미에서 '사고체(思考體)'라고 명명되는데요— 는 생각에 필요한 에너지를 얻기 힘듭니다. 엄청나게 천천히 느린 속도로 생각한다면 어느 정도 상태를 유지할 수 있겠지만, 결국 엔트로피는 내부에 쌓일 수밖에 없고, 마침내 불쌍한 볼츠만의 두뇌는 자신의 사고(思考)로부터 발생한 열에 타올라 사라질 테지요.

원제가 'Until The End of Time'인 이 책에서, 브라이언 그린은 우주의 탄생과 종말, 은하와 태양계의 생성, 지구 생명체의 기원과 마지막, 인간의 모든 것을 물리학의 관점에서 풀어 갑니다. 그리고 시공간의 끝 즈음에 가서 농담처럼 웃으며 볼츠만 두뇌에 대해 이야기하죠.

"자, 당신들, 지금 자신이 볼츠만 두뇌가 아니라고 어떻게 장담할 거지?"

그는 이런 질문을 던지며 재밌다는 듯 웃기도 합니다. 다행히도 우리는 우리가 볼츠만 두뇌가 아니라 정말로 존재하고 있고 육체를 가진 살아 있는 생명체임을 지금이라도 입증할 수 있습니다. 심술궂게도 브라이언 그린은 자기 책에서 그 방법을 자세히 알려 주지 않지만, 저는 책을 다 읽자마자 다른 책을 뒤져서 제가 볼츠만 두뇌가 아니라는 사실을 알아내긴 했습니다. (자기가 볼츠만 두뇌인지 아닌지 판별하는 방법이 'Our Mathematical Universe' —— 우리나라에선 『맥스 테그마크의 유니버스』라는 다소 재미없는 제목으로 출판되었지요 —— 라는 책에 적혀 있더군요. 저자인 맥스 테그마크 역시 뛰어난 물리학자로서 MIT에서 물리를 가르치고 있으니, 그가 한 말이 틀리진 않을 겁니다. 덧붙여서, 스스로가 볼츠만 두뇌인지 아니면 살아 숨 쉬는 육체를 가진 진짜 뇌인지 알아내는 방법은 이 글 말미에 적어 놓도록 하겠습니다. 여러분도 한 번 해 보시길.) 맥스 테그마 크가 시키는 대로 해서 자기가 '볼츠만 두뇌'가 아니라는 사실을 안다고 해도, 여전히 찜찜한 기분이 남지만, 뭐 어쩌겠어요. 믿으며 살아가는 수밖에.

그런데 대체 시간은 무엇에서 생겨났고 어떻게 존재하다가 어디서 끝나는 걸까요? 요즘에야 워낙 양자론, 상대성 이론, 이런 것들이 널리 알려져 있으니까 시간과 공간이 따로 분리된 게 아니라는 사실은 누구나 알고 있을 겁니다. 시간은 흐르는 게 아니고 그저 공간과 함께 빅뱅으로부터 태어나 차원을 구성하고 있을 뿐이며, 우리 인간을 비롯한 우주 만물은 열역학 제2법칙에 따라 그 내부를 지나가는 거지요. 지금 이 순간에도 우주는 빠르게 팽창하며 별과 별은 서로 멀어지고 있습니다. 우리 우주가 있는 초거대 공간에는 당연히 다른 우주들도 있을 테고 그 우주들 역시 나름의 법칙을 따라 시시각각 세상의 끝을 향해 달려가고 있을 거고요. 우리 우주와 다른 우주들이 있는 공간은 그 자체로 무한에 가까울 테니 존재하는 우주의 수 역시 무한에 가깝습니다. 아니 어쩌면 정말 무한할지도 모르죠! 그리고 그 무한한 우주들 중에는 지금 여기와 똑같은 물리적 구성을 가진 우주가 적어도 하나쯤은 있을 게 확실합니다. 브라이언 그린은 사실 이 우주와 똑같은 우주 역시 무한히 존재한다고 말합니다. 왜냐하면 충분한 시간과 충분한 공간만 주어진다면, 볼츠만이 발견한 원리에 따라 어딘가에는 우리 우주와 똑같은 초기 상태를 가진 우주가 탄생할 수 있는데, 그럴 만한 공간과 시간은 어차피 무한하니까…… 당연히 이 광대무변한 시공간에는 이 우주와 똑같은 우주들 또한 무한히 존재하는 겁니다. 그런 무한히 많은 같은 우주들 한쪽 구석에는 우리 은하와 같은 은하가, 그 한편에는 이 태양계와 같은 태양계가 있고, 거기 있는 지구와 똑같은 행성에서 저나 여러분과 똑같은 사람들이 각자의 나날을 살아가고 있는 거지요.

슬프게도 아직 우리는 그 먼 우주의 또다른 자신을 만날 수 없습니다. 어떤 것도 빛보다 빨리 움직일 수 없다는 아인슈타인의 가설은 절대적이고 영원하니까요. 영화 「인터스텔라」에 나오듯 블랙홀과 화이트홀 같은 휘어진 공간을 통해 넘나든다면 또 모르지만, 화이트홀이 실제로 존재한다는 증거 역시 밝혀진 바가 없고, 만에 하나 블랙홀로 들어가 화이트홀로 나온다 해도, 온전한 형체를 유지한 채 나올 길은 전무합니다.

아니, 무엇보다도, 우주와 우주 사이에 과연 통로가 생길 수 있을지, 그것조차 우리는 전혀 알지 못하죠.

『엔드 오브 타임』은 '내가 어디서 왔고 어디로 가는지, 지금 어디에 있고 어느 시간에 존재하는지 알고 싶은 모든 이'가 읽으면 좋을 책입니다. 현대물리학 이론을 종횡무진으로 누비며 전개되지만 (초끈이론, 양자역학, 힉스 입자 등) 물리학이나 수학을 공부하지 않았어도 아무 부담 없이 읽을 수 있다는 것도 큰 장점입니다. 웬만한 소설을 읽을 때보다 더 흥미진진하게 책장이 넘어가고, 마지막 페이지를 덮으면 이 무한한 시공간 속에서 불가능에 가까운 확률을 뚫고 존재하게 된 나 자신에게 경이로움마저 느끼게 되지요.

작디작은 점에서 시작된 시간과 공간이 팽창하며 퍼져나가 우주가 되고, 그 어딘가의 푸른 행성에서 생명체가 움트더니 지성을 가진 존재인 인류가 태어났습니다. 그러나 태양은 영원히 타오를 수 없고, 우주는 계속해서 커지다 마침내는 차갑게 식어 가겠지요. 결국 언젠가 모두가 사라질 쓸쓸한 미래가 다가오고, 마지막 남은 사고체(思考體)가 한없이 느리게 눈을 감는 장면까지 다 읽었을 때, 제 마음에 가장 와닿았던 문장은 다음과 같습니다.

물론 과학은 바깥 세계를 이해하는 가장 강력한 도구다. 그러나 과학을 제외한 모든 것은 자신을 성찰하고, 자신이 할 일을 결정하고, 이야기를 들려주는 인간사로 이루어져 있다. 그들의 이야기는 짙은 어둠을 뚫고 소리와 침묵에 각인되어 끊임없이 영혼을 자극할 것이다.•

부록 맥스 테그마크가 알려 주는, 자신이 볼츠만 두뇌인지 아닌지 확인하는 방법

(경고: 재미로만 해 보세요. 뜻하지 않은 결과가 나오더라도 — 알고 보니 자기가 그저 삭막한 우주를 떠도는 입자들의 모임에 불과하다는 사실을 깨달았더라도 말입니다 — 실망하거나 절망하지 말고 어떻게 하면 이 식어 가는 텅 빈 우주에서 좀 더 오래 버틸 수 있을지 궁리해 보기를 권합니다.)

☞ 기억을 더듬어 보라. 최대한 샅샅이. 만약 당신이 육체를 가지지 못한 볼츠만 두뇌라면, 과거를 더듬으면 더듬을수록 말이 안 되는 기억을 점점 더 많이 발견하게 될 거다. 솔직히 말해서 이건 순전히 확률의 문제인데, 어쨌거나 우연히 만

• 브라이언 그린, 박병철 옮김, 엔드 오브 타임(와이즈베리, 2021년), 458~459쪽.

들어져 분리되어 있는 뇌라면, 두개골 안에 있는 뇌에 비하여 어딘지 모르게 어긋나 있을 가능성이 훨씬 크기 때문이다. 그리고 그렇게 과거를 돌아보다 보면, 어느 순간 당신을 구성하는 입자들이 서서히 해체되어 우주로 다시 퍼져 나가는 것을 느끼리라. 결론은, 과거를 되돌아본 뒤 아직도 이 페이지를 읽고 있다면, 적어도 당신은 볼츠만 두뇌는 아니다. 만약 볼츠만 두뇌라면 그전에 이미 분해되어 사라졌을 테니까. 뭔가 이상하다고? 당연하다. 현대물리학에 의하면 이 세상에 확정적인 사실은 없으니까. 모든 건 확률이고, 따라서 이 페이지를 읽고 있을 여러분이 볼츠만 두뇌일 확률은 볼츠만 두뇌가 아닐 확률보다 매우 매우 적을 뿐이다.●

● 맥스 테그마크, 김낙우 옮김, 『맥스 테그마크의 유니버스(동아시아, 2017). 이 부분은 439~443쪽의 「당신은 왜 볼츠만 두뇌가 아닌가?」를 요약한 것입니다.

우리-없는-세계(world-without-us), 시간 여행의 끝

▲ 　토머스 할리데이, 『아더랜드』

리처드 매드슨이 1975년 발표한 SF소설 『시간여행자의 사랑』에서, 주인공인 리처드 콜리어는 오직 의식만을 이용해 과거로 이동하는 방법을 찾아냅니다. 어느 날 그는 호텔에서 마음을 사로잡는 여인의 초상을 보는데, 그 여성은 거의 한 세기 전 같은 곳에 묵은 적 있던 유명한 배우 앨리스였지요. 앨리스를 만나기 위해 그가 사용한 방법은, 의식을 집중하여 과거를 떠올리며 그 시공간으로 돌아가는 것입니다.

　　이런 기묘한 시간 여행은 1927년 군인이자 철학자, 항공기 전문가였던 J. W. 던이 처음 주창했습니다. 그는 '우리가 시간을 다르게 생각하는 것만으로 시간을 바꿀 수 있을까?'●라는 의문에서 출발하여, 과거-현재-미래는 언제나 시공간에 펼쳐져 있고 인간의 의식이 그것을 순차적으로 인식할 뿐이라는, 시간에 관한 새로운 이론을 생각해 내기에 이르렀지요.

『시간여행자의 사랑』에서 주인공은 긴 연구와 훈련 끝에 앨리스가 사는 과거로 이동하는 데 성공합니다. 그러고는 거기서 그를 기다리고 있던 초상 속의 여인을 만나게 되는데요. 오래도록 회자되는 사랑 이야기가 모두 그렇듯, 당연히 그의 러브스토리도 비극으로 끝납니다. 본래 의식을 이용한 시간 여행에는 중요한 금기가 있는데, 그것은 현재를 떠올릴 만한 그 무엇도 몸에 지녀서는 안 된다는 조건입니다. 그 물건을 보거나 만지는 찰나 의식이 깨어나며 곧바로 현재로 돌아오게 되고, 다시는 같은 시간대로 갈 수 없기 때문이라는데요. 리처드 콜리어는 앨리스와 사랑에 빠져 있던 순간 아무 생각 없이 주머니에 손을 넣고, 거기서 그가 원래 살던 시대인 1979년 동전을 발견합니다. 결국 그는 속절없이 현재로 돌아오고, 죽을 때까지 앨리스를 그리워하며 살게 되지요.

그래서 하는 말인데, 영국의 고생물학자이자 진화

● 제니 랜들스, 안태민 옮김, 『시간의 장벽을 넘어』(불새, 2015), 34쪽.

생물학자인 토머스 할리데이의 멋진 지구 역사서 『아더 랜드』를 펼치기 전에는 무조건 휴대폰부터 비행기 모드로 바꾸어 놓을 것을 권합니다. 아니, 할 수만 있다면 휴대폰 따위 멀리 눈에 보이지 않는 장소로 던져 버리고, 노트북이나 태블릿도 다 치운 채, 오직 조용하고 어두운 방 안에서 적절한 조명만 켜 두고 책을 읽으면 더 좋겠지요. 왜냐하면 첫 페이지를 여는 순간, 우리는 인류가 존재하기 전의 놀랍고도 경이로운 세계로 곧바로 이동할 것이기 때문입니다.

이 책을 읽게 된 건, 순전히 제가 키우는 거북이 스피노자 덕택입니다. 스피노자는 수조에서 고요히 헤엄치다가 먹이를 배불리 먹은 뒤 섬에 올라가 UV 램프 불빛을 쬐지요. 그런 녀석을 보고 있노라면, 이 독특한 생명체 안에 담긴 기나긴 진화의 시간을 새삼 떠올리게 되니까요.

생각해 보면, 거북만큼 기이한 진화 과정을 거친 동물도 드물지 않을까요? 그들은 육지에서 살다 바다로 돌아갔으며, 거기서 다시 육지로 돌아왔다가 또 한 번 바다로 되돌아갔습니다. 스피노자 같은 반수생(半水生) 거북은 결국 물과 육지를 오가며 살게 되었고요. 더 놀라운 것은, 아프리카 서해안에 사는 몇몇 바다거북의 사연입니다. 그들은 매년 알을 낳기 위해 대서양을 헤엄쳐 건너 남아메리카 동해안 모래사장으로 갑니다. 대체 그 바다거북들은 왜 그리도 먼 길을 가로질러 가서 알을 낳는 걸까요?

까마득한 과거에 아프리카와 아메리카는 곤드와나라는 하나의 대륙으로 붙어 있었습니다. 아마도 두 땅을 가르는 건 좁은 강이나 해협 정도였겠지요. 그때 바다거북들은 이편 해안에서 짝짓기를 하고, 물을 헤엄쳐 건너 편에 가 알을 낳았습니다. 약 1억 3천만 년 전 즈음부터 곤드와나는 조금씩 갈라지며 서로 멀어지기 시작했지만, 거북들은 매번 해 오던 대로 반대편 해안을 향해 헤엄쳤습니다. 그들이 헤엄쳐 건너야 할 거리는 매년 몇 센티미터씩 늘어났지만, 거북들은 그 작은 변화를 눈치채지 못했겠지요. 그리고 그렇게 1억 년 이상이 흘러, 지금도 바다거북들은 그 어떤 의구심도 가지지 않은 채, 몸 안에 새겨진 본능을 따라 넓디넓은 대서양을 헤엄쳐 건너는 겁니다.

제 손바닥보다 조금 큰 스피노자의 등갑 속엔 이런 온갖 이야기들이 무늬처럼 새겨져 있습니다. 마치 오래 전 누군가(아마도 어떤 초월적 의식이?) 새겨 놓은 갑골문

자처럼 말이죠. 따뜻한 노란빛의 UV 램프는 오묘한 분위기를 더하고, 꿈결처럼 등갑의 메시지를 해석하고 있다 보면, 저는 잠깐씩이나마 의식의 시간 여행을 떠나게 됩니다. 그런 경험은 제게 지질시대를 향한 열망과 호기심을 불러일으켰고, 『아더랜드』의 출간 소식을 듣자마자 주문 버튼을 누르게 하는 원동력이 되어 주었죠.

이 책은 철저히 여행의 기본적인 원칙을 따릅니다. 우리가 어딘가로 떠날 때 집에서 출발하여 점점 더 먼 곳으로 가듯, 인류세와 가장 가까운 2만 년 전 플라이스토세의 풍경에서 시작한 여행은 5억 5천만 년 전의 에디아카라기에서 끝나니까요.

플라이스토세에 알래스카는 광대한 초원이었고 매머드 같은 거대 초식동물이 풀을 뜯으며 그곳을 유유히 거닐었습니다. 지구상의 마지막 매머드가 숨을 거두던 즈음 메소포타미아의 우루크라는 도시에서는 길가메시 왕이 영생과 불멸을 찾는 긴 여정을 시작하고 있었지요.

알래스카 스텝을 뒤덮은 풀은, 3200만 년 전 올리고세에 지금의 안데스 산맥 부근에서 처음 나타났습니다. 그들은 나무의 단단한 줄기와 높이를 포기한 대신 강인한 생명력으로 널리 퍼져 가길 택했습니다. 자그마한 씨앗은 바람에 날려 먼 곳으로 이동하기 쉬웠고, 초식동물의 먹이가 되어 그들과 공진화한 덕택에, 풀들은 곧 남아메리카를 벗어나 지구 전체로 퍼졌습니다. 그러고는 그렇게 지표면을 빽빽하게 덮음으로써, 지상에서 가장 성공한 생물 집단의 자리에 등극했지요.

4100만 년 전 에오세의 지구는 그 어느 때보다 대기 중 이산화탄소 농도가 높습니다. 덕분에 지금은 꽁꽁 얼어붙은 땅인 남극도 따뜻했고, 온갖 생물종이 풍부하게 번성했습니다. 펭귄들은 그때도 남극에 살았는데, 현재의 펭귄보다 훨씬 큰 — 대부분 어른 키만 했으며 2미터가 훌쩍 넘는 녀석들도 많았다고 합니다 — 그들은 남극의 바다에 가득한 물고기를 먹으며 즐거운 나날을 보냈을 겁니다.

6600만 년 전 팔레오세의 지구로 가려면, 마음의 준비를 단단히 해야 합니다. 그 시기 어느 날, 우주에서 난데없이 소행성이 날아와 지구를 덮쳤으니까요. 하늘에서 나타난 암석은 오늘날의 멕시코 유카탄 반도의 얕은 바다와 충돌했고, 세상은 종말을 맞이했습니다. 2년간 해가 비치지 않았고 사방이 불탔으며 질산과 황산이 섞인 비가 끊임없이 내리던 지구는, 아마도 어느 머나먼 곳의 외계 행성처럼 보이지 않았을까요? 소행성과의 충돌은 대멸종을 일으켰으며, 당시 지구에 살던 생물종의 4분의 3이 사라졌습니다. 생태계의 지배자였던 공룡은 전멸했고, 그나마 살아남은 파충류는 작아지거나 아예 조류가 되었습니다.

하지만 소행성 충돌 후 약 3만 년이 지났을 무렵 생물계는 서서히 되살아났습니다. 대멸종은 끝이 아니라 시작이었으며, 오히려 포유류와 같은 종에게는 기회가 되었지요. 지배파충류인 공룡이 사라짐으로써 인간의 조상인 진수류가 ('진정한 동물'이란 뜻의 이 명칭은 빅토리아 시대 분류학자들이 약간은 오만한 마음으로 붙인 거라 합니다.) 전면에 등장할 수 있었으니까요.

이 책의 181페이지를 펼치면 어딘가 개를 닮기도 하고 살짝 고양이와 비슷하기도 한 조그마한 털북숭이 동물이 새끼 두 마리를 돌보는 그림이 있는데요, 이 귀여운 포유류가 바로 인간을 포함한 태반 포유류의 최초 조상으로 추정되는 '바이오코노돈'입니다. 책을 읽고 나서도, 저는 이 그림을 몇 번이고 다시 보았습니다. 영장류와는 어디 하나 닮은 구석이 없는 작은 동물. 저 안에 나의 뿌리가 있다는 사실이 새삼 신기했기 때문입니다. 알고 보면 우리는 서로 모두 연결되어 있고, 다른 존재의 고통은 곧 우리 자신의 고통이라는 사실이, 이 그림 앞에서 더욱 생생해진다고 할까요.

시간 여행은 계속되어, 3억 9천만 년 전 석탄기에
이릅니다. 그때 지구에서는 최초의 흙이 만들어지고 있
지요. 지금은 어디서나 — 물론 도시에서는 그마저도
만나기 힘들 수 있지만 — 볼 수 있는 흙은, 본래부터 지
표를 덮고 있던 게 아닙니다. 지표면은 단단한 암석으로
덮여 있었는데, 석탄기에 번성했던 인목(鱗木, 줄기 표면
이 생선 비늘 형태를 닮아 명명된 이름입니다.) 군락의 뿌리
가 끈질기게 표면을 파고들어 바위를 조각내며 흙이 만
들어지기 시작했지요. 암석에 비하면 연약하기만 한 식
물의 뿌리지만, 군락을 이룬 인목 무리는 포기하지 않았
습니다. 그들은 바위를 잘게 부숴 모래로 만들었고, 그
모래들이 빗물이나 강물에 쓸려 가지 않고 쌓이도록 자
기들의 뿌리로 감쌌습니다. 뿌리는 또한 미생물의 도움
을 받아 암석 내 규산염을 강으로 흘려보냈고, 그렇게 물
에 녹아든 규산염은 대기 중의 이산화탄소를 포집하는
역할도 하였고요.

1억 년 이상 계속된 나무 뿌리의 작용 덕분에, 석탄
기 대기 중 이산화탄소 농도는 4000ppm까지 낮아집니
다. 하지만 인목들이 영원히 자랄 수 있는 건 아닙니다.
서로가 서로에게 기대어 광대한 군락을 이루며 지내던

인목들은, 어느 시기 한꺼번에 번식을 위한 포자를 날려 보냅니다. 그러고 나서는, 마치 할 일을 다 마쳤다는 듯 군락 내의 모든 인목이 생을 마치는 거죠. 늪으로 쓰러진 인목들은 서서히 썩어 석탄이 되고, 수억 년 후 인류는 그것을 이용하여 산업혁명을 일으키게 됩니다.

5억 5천만 년 전 에디아카라기로 가면, 육지가 텅비어 있는 광경을 마주할 겁니다. 그때는 육지로 올라와 사는 생물이 없었고, 오직 바다에만 생명체가 존재했으니까요. 물속에도 어류 같은 건 없고, 그저 휘몰아치는 폭풍우를 피해 바닥에 납작 엎드린 동물들이 있을 뿐입니다. 이 시기에는 하늘도 현세와 완전히 다릅니다. 에디아카라기 지구에서는 북극성을 볼 수 없습니다. 지금 밤하늘 한가운데서 빛나는 북극성은 겨우 백악기(1억 4500만 년 전)에 처음 빛을 발하기 시작했지요. 겨울 밤하늘의 대표 별자리인 오리온자리도 찾을 수 없기는 매한가지입니다. 오리온자리를 이루는 일곱 개의 별은 신생대 마이오세(2300만 년 전)에 이르러 빛나기 시작했으니 말입니다. 에디아카라기 밤하늘의 달은 지금보다 1만 2천 킬로미터 더 가깝고 15퍼센트 더 밝아 엄청나게 컸으며, 그때의 하루는 22시간에 불과합니다. 어쩌면 에디아카라기의 지구는, 지금 우리가 아는 지구보다는 차라리 "물이 많은 화성"에 더 가까워 보일지도 모를 일이죠.

　『아더랜드』의 시간 여행은 여기서 끝나지만, 잠시 눈을 감고 더 멀리 가 보는 건 어떨까요? 빛보다도 훨씬 빨리 이동하는 의식의 힘을 이용한다면, 45억 년 전의 어린 지구로 가는 것도 불가능하지만은 않을 겁니다. 드디어 도착한 그곳을 상상하면, 저는 우주적 공포와 경이를 동시에 느낍니다. 45억 년 전 지구에는 생명체가 없으니까요. 생명체가 없는 지구. 뜨거운 바위와 곳곳에서 피어오르는 연기, 탁하고 두터운 대기.

　우리가 존재하지 않는 지구와 우주, 그 거대한 무를, 철학자이자 시인인 유진 섀커는 이렇게 표현했습니다. '우리-없는-세계(world-without-us)'.●

　그에 의하면, 우리는 인간이기에 세계를 상상할 때 언제나 '인간적' 관점에서 사유할 수밖에 없습니다. '우리-없는-세계'는 인간에게 사유 가능성의 지평으로 작용하고, 그 한계 너머 텅 빈 세상은 (마치 사건의 지평선 너머 블랙홀을 상상할 때처럼) 초현실적 공포를 불러 일으킨다는 거지요.

● 　유진 섀커, 김태한 역, 『이 행성의 먼지 속에서』(필로소픽, 2022).

45억 년 전 지구가 '우리-없는-세계'라면, 어쩌면 수십억 년 후 혹은 그보다 더 가까운 미래의 지구 또한 그럴 수 있습니다. 지질시대로의 긴 시간 여행을 통해 알 수 있는 것은 지구에서 번성했던 그 어떤 지배적 생물종도 멸종이라는 운명을 피하지 못했다는 차가운 진실이니까요. 만약 우리가 더 이상 생태계를 몰살시키지 않고 지구를 잘 가꾸며 전쟁 같은 것도 없이 사이좋게 지낸다 해도, 그리하여 수십억 년 후까지 인류가 멸망하지 않는다 해도, 언젠가 이 우주가 '우리-없는-세계'로 귀결되는 것을 막지는 못할 겁니다. 왜냐하면 태양은 마침내 적색거성이 되고, 커다랗고 붉게 팽창한 그 별은 태양계 전체를 집어삼킨 후 환히 불타오르는 백색 왜성으로 생을 끝마칠 테니까요. 지구는 그때 태양과 함께 타올라 사라질 테고, 지구와 모든 행성, 태양으로부터 나온 원소들은 우주를 떠돌다가 어디선가 새로운 생명의 씨앗이 될지도 모릅니다.

그렇다면, 시간 여행의 끝에 남는 것은 결국 '우리-없는-세계'일 뿐일까요? 아득한 과거로 거슬러 올라가도 우리를 기다리는 것은 '우리-없는-세계'이고, 상상하기조차 힘든 먼 미래로 날아가도 역시 거기엔 '우리-없는-

세계'가 놓여 있으니 말입니다. 하긴, 개개의 생명체는 마지막에 모두 죽으며 지구의 운명 또한 그러하다는 의미에서, 공포소설 작가인 토머스 라고티는 이렇게 말하기도 했습니다. "행복한 결말로 끝나는 인생 이야기는 없다. 오로지 공포라는 발명품, 그런 다음 무로 끝날 뿐. 그 밖에는 아무것도 없다."●

하지만 위안이 되는 몇 가지 다른 결말이 있습니다.

먼저, J. W. 던이 말한 시간에 대한 관념이 있지요. 과거, 현재, 미래는 엄연히 존재하는 실재이고 우리의 영원불멸한 의식이 그것을 순차적으로 인식한다는 생각 말입니다. 몇몇 물리학자들도 그와 비슷한 이론을 주장했는데, '블록 우주(block universe)'라는 이 개념에 따르면, 우주의 모든 순간은 각각 하나의 시공간 블록이며 그것들은 영원히 실재합니다. 단지 우리 의식이 그 각각의 블록을 지나며 시간이 흐른다는 느낌에 사로잡힌다는 건데요. 만약 이것이 사실이라면 '우리-없는-세계'도 그저 하나의 시공간 블록에 해당할 뿐, 공룡이 번성하던 쥐라기 지구, 최초의 식물이 여린 뿌리를 처음으로 물가에 내리던 데본기의 어느 하루, 사람들로 붐비는 도시의 어

● 　토머스 리고티, 이동현 옮김, 『인간종에 대한 음모』(필로소픽, 2023).

떤 밤 같은 것들도 모두 우주 어딘가에서 영원한 하나의 장면들로 남아 있을 겁니다.

또는, 앞서 브라이언 그린의 『엔드 오브 타임』을 얘기하며 말했던, 의식의 구름이 되어 영원히 우주를 떠도는 미래 인류를 상상해 볼 수도 있습니다. 점차 식어 가는 우주가 종말에 가까워지면 그 구름 또한 산산이 흩어져 멀리멀리 퍼져 나갈 텐데요. 광대한 공간에서 이리저리 모였다 흩어지길 반복하던 의식이 어느 순간 질서를 갖춰 하나의 거대한 기억을 형성하는 모습이 떠오릅니다. 그 찰나적 순간에, 의식은 지구 전체의 역사와 인간 모두의 기억을 아우르는 바로 지금의 "나" 혹은 "당신"을 만들어 낼 수도 있겠지요.

그러나 역시 가장 좋은 상상은, 어쨌거나 '지금-여기'에 우리가 있다는 사실입니다. 찰나적으로 뭉친 의식의 구름이든, 먼 미래 발달한 문명이 만들어 낸 가상현실 속 세상이든, 혹은 멀리 사건의 지평선 밖에 새겨진 정보가 내부로 투영된 홀로그램에 불과하든, 무에서 시작한 우주, 그 우주에서 태어난 은하계와 태양, 태양을 돌던 무거운 원소들이 뭉쳐 만들어진 행성들, 그중 하나에서 기적처럼 떠오른 생명, 40억 년 동안이나 이어 온 그 가느다란 선(線)의 맨 끝에 우리가 존재하죠. 이렇게, 책을 읽고 글을 쓰고 다시 그것을 읽으면서요.

　　그런 생각을 하며, 종이의 부드러운 촉감을 손끝으로 느끼고 UV램프 불빛 아래 쉬는 거북을 바라보거나 무릎에 앉은 강아지의 따뜻한 털을 쓰다듬으면, 문득 '우리-없는-세계'가 더는 두렵지 않게 느껴집니다. 정말로 언젠가 '우리-없는-세계'가 도래한다고 해도, 그 우주의 밑바닥에서는 결국 또 다른 생명의 시초가 천천히 싹을 틔우고 있을 테니까요. 『아더랜드』의 작가 토머스 할리데이가 책의 마지막에서 말했듯 말입니다.

> 우리는 미래의 세계로 부드럽게 인도하는 지질학적 시간의 흐름에 우리 자신을 맡기듯이 지구가 변화하는 데 필요한 시간을 허용해야 한다. 희생은 영속성을 가져다줄 것이다. 그러면 우리도 희망을 품고 살 수 있다.●

● 　토머스 할리데이, 김보영 옮김, 『아더랜드』(쌤앤파커스, 2023), 461쪽.

드디어 도착한
그곳을 상상하면,
저는 우주적 공포와
경이를 동시에 느낍니다.

45억 년 전 지구에는
생명체가 없으니까요.

우리는 어디에서 왔고,
무엇이며, 어디로 가는가

▲ 월터 아이작슨, 『코드 브레이커』

폴 고갱의 아름다운 그림에 관한 이야기로 이 글을 시작하게 되어 다행입니다. 아니, 아름다운 그림이 아니라 슬프고 우울하면서도 어두운 열정으로 가득한 그림이라고 해야 하는 걸지도 모르지요. 어쨌든 이 원색의 커다란 그림 한 귀퉁이에 고갱은 이렇게 써넣었습니다.

"우리는 어디에서 왔는가. 무엇인가. 어디로 가는가."

그림을 그릴 당시 그는 경제적 궁핍과 정신적 문제에 시달리고 있었습니다. 다행히 그림은 그간 혹평 일색이던 프랑스 화단에서 그나마 좋은 평가를 받았고, 약 1,000프랑에 팔리기까지 했습니다.

그런데 고갱은 왜 그런 질문을 던졌을까요? 우리는 어디에서 왔고, 무엇이며, 어디로 가느냐는 질문. 그가 알고 싶던 것은 무엇이고 알게 된 것은 또 무엇이었을까요? 놀라운 것은, 그로부터 120년이 훨씬 지난 지금까지도 인간이 그 답을 얻지 못했다는 사실입니다.

어쩌면 앞의 두 개 질문에는 어느 정도 대답이 가능할지도 모릅니다. 다음과 같이 말이에요.

우리는 어디에서 왔는가. 우리는 박테리아로부터 왔고, 그 전에는 우주를 떠도는 어느 작은 먼지였으며, 그보다 전에는 별의 잔해, 빛나는 별, 더 거슬러 올라가면 빅뱅 이전의 작디작은 하나의 점이었지요.

우리는 무엇인가. 우리는 —— 제가 좋아하는 움베르토 에코의 말을 빌리자면 —— "자신들이 알지 못한다는 사실만을 알고 있는 동물들"●입니다.

이제 남은 건 마지막 질문, "우리는 어디로 가는가."인데, 이 책 『코드 브레이커』는 바로 그 답에 관해 이야기하고 있습니다. 물론 그 답을 정확히 말해 주는 게 아니라, 답을 향해 가는 어떤 이정표, 흐릿한 지도 같은 걸 보

●   움베르토 에코·카를로 마리아 마르티니 지음, 『무엇을 믿을 것인가』 (열린책들, 2003), 113쪽.

여 줄 뿐이지만 말입니다.

　책은 대자연의 신비에 사로잡힌 채 하와이의 사탕수수밭을 걷는 한 아이에게서 시작됩니다. 이 아이는 나중에 '크리스퍼-Cas9(CRISPR-Cas9)'의 구조와 작동 기전을 밝혀 유전자 혁명의 문을 활짝 열게 될 제니퍼 다우드나인데요. 훌륭한 과학자에 관한 대부분의 전기가 그러하듯 책 초반에는 제니퍼가 얼마나 호기심이 많았는지, 얼마나 끈기 있고 집중력 있게 탐구하고 공부했는지를 말하는 데 지면을 할애하기도 하지만, 사실 이 책의 진짜 미덕은 좀 다른 데 있습니다. 생명과학과 유전공학이 어떻게 발전해 왔는지, 지금은 어디까지 진전되었는지, 그리고 앞으로 과연 어떤 일이 벌어질 것인지에 대하여 마치 한 편의 영화를 보듯 흥미진진하게 그려 내고 있으니까요.

　여기서 잠깐, 우리는 잠시 제니퍼 다우드나와 Cas9 대신 요거트에 관해 이야기해야 할지도 모릅니다. 제 나이 또래의 사람들은 기억하겠지만, 한때는 요거트가 불로장생의 영약처럼 여겨지던 시절이 있었거든요. 그게 다 한 편의 텔레비전 광고 때문이었는데, (물론 요거트를 적절하게 잘 섭취하면 실제로 몸이 건강해지고 결국 오래 사는 일에 도움이 되긴 합니다.) 그 광고에서는 알프스 같은 산을 배경으로 불가리아의 전통 의상을 입은 사람들이 손에 요거트 병을 들고 마시며 활짝 웃는 광경을 보여 줍니다. 그들은 마지막에 "불가리스!"라고 외치는데, 이 광고의 요점은 불가리아 사람들처럼 요거트를 많이 마시면 오래 살 수 있다는 것이었지요. 그런데 그때 광고를 찍던 사람들은, 10여 년 후 일어날 어떤 사건을 미리 예견하고 있던 건 아닐까요? 왜냐하면 언젠가 역노화(逆老化) 혹은 영생불사까지도 가능하게 해 줄 유전자 편집기술의 첫 시작에 요거트가 있었기 때문입니다.

다니스코사는 덴마크에 본사를 두고 미국 등 여러 곳에 유산균 생산 공장을 소유하고 있는 요거트 회사입니다. 우유를 발효시켜 요거트를 만들려면 많은 양의 박테리아가 필요한데 ── 유산균은 말 그대로 '균'이고 균이란 바로 박테리아를 의미하지요 ── 때로 바이러스가 침입해서 박테리아를 파괴해 버리는 것이 다니스코의 큰 걱정거리였습니다. 참고로 박테리아를 잡아먹는 바이러스를 '박테리오파지'라고 하는데요, 바이러스 중에서도 가장 종류가 많은 것이 바로 이 박테리오파지입니다. 이들은 지구상의 모든 생물 중 개체 수가 가장 많기로도 유명한데, (만약 바이러스도 생물이라고 가정한다면 말입니다.

바이러스가 생물이냐, 아니냐를 두고는 아직도 논쟁이 진행 중인데, 그것은 각자가 '과연 생물이란 무엇인가'에 어떻게 답하느냐에 따라 달라지겠지요.) 얼마나 많은지 그 수를 숫자로 표시하면 10^{31}개나 되며 이는 바닷물 1밀리리터당 약 9억 마리에 해당하는 어마어마한 양이라고 합니다. 어쨌거나 이렇게 박테리오파지가 많으니 당연히 유산균 회사의 생산 탱크에 몰래 잠입하려는 바이러스는 또 얼마나 많을까요. 결국 다니스코는 굉장히 많은 돈을 투자해서 박테리아를 파괴하는 바이러스에 맞서 싸울 방법을 찾게 됩니다. 그들은 바랑구와 오르바트라는 두 과학자에게 이 과업을 맡기지요.

그런데 여기서 또 잠시, 시공간을 이동하여 스페인 바닷가의 어느 작은 도시로 건너가 볼까 합니다. 그곳 어딘가의 대학교 연구소에서 고세균(박테리아보다도 더 오래된 세균을 말합니다. 그들은 지구가 극한의 환경일 때부터 살아온 세균이고, 그래서 바닷물보다도 열 배 이상 짠 염수나 화산이 폭발하고 있는 뜨거운 용암, 수십 기압이 넘는 땅속 같은 데서도 거뜬히 살아남는 능력을 지니고 있죠.)을 연구하던 모히카라는 교수가 그들의 DNA에서 기이한 회문(回文) 구조를 발견하던 1990년의 어느 날로 말입니다. 회문 구조란, 앞으로 읽어도 뒤로 읽어도 똑같은 문자 배열 구조를 말하는데요, 그는 고세균의 DNA 어떤 구역에서 A, G, C, T, 네 개의 염기들이 회문 구조로 일정 간격을 두고 반복된다는 사실을 발견했습니다. 모히카는 이 기묘한 반복 구조가 세균 내에서 하는 일이 무엇인지 궁금했고, 생각에 잠긴 채 운전을 하다가 역사적인 순간을 맞이합니다. 이젠 모르는 이가 거의 없을 정도로 유명한 '크리스퍼'라는 이름을 떠올렸으니까요. "Clustered Regularly Interspaced Short Palindromic Repeats(일정 간격을 두고 분포하는 짧은 회문 반복 서열)" 줄여서 CRIS-PR(크리스퍼)라고 부르는 유전자 배열 구조의 이름은, 왠지 바삭바삭한 느낌이 든다는 이유로 동료 연구자들에게도 호응을 얻었고 곧 공식적인 명칭이 되었습니다. 모히카는 크리스퍼에 대해 계속 연구했고, 회문 구조 사이에 반복되는 염기 서열이 예전에 세균을 공격했던 바이러스의 DNA와 일부 일치한다는 것을 알아냈습니다. 그리고 여기서 드디어 이 책의 가장 감동적인 문장이 등장하는데요, 그대로 읽어 드리자면 다음과 같습니다.

인간이 새로운 변종 바이러스와 싸우느라 고군분투하듯이, 박테리아는 무려 30억 년 동안 수백만 세기를 바이러스와 싸워 왔다. 지구에서 생명이 시작되자마자 바이러스에 대항하는 정교한 수비를 개발해 온 박테리아와, 그 방어를 뚫을 방법을 찾아 끊임없이 진화한 바이러스 사이의 치열한 경쟁이었다.●

그러니까 고세균을 비롯한 모든 박테리아 세포에 존재하는 크리스퍼는, 그들이 바이러스와 싸우기 위해 만들어 낸 일종의 면역계였습니다. 박테리아는 침입했던 바이러스 DNA의 염기 서열을 자신의 DNA에 똑같이 베껴서 새겨 두었다가, 나중에 같은 종류의 바이러스가 또 들어오면 곧바로 CRISPR 시스템을 발현시켜 바이러스 DNA의 특정 부분을 잘라 냈지요. 그렇게 하여 침입한 바이러스를 무력화시키고, 박테리아는 살아남을 수 있었습니다.

저 위의 문장이 감동을 주는 이유는, "모든 살아 있는 것은 살고자 한다."라는 명제를 생생히 증명해 주기 때문입니다. 이 단순하고 강렬하며 진실된 욕망이 지금의 지구, 세계, 문명을 이뤄 낸 근간일 테니까요.

● 월터 아이작슨, 조은영 옮김, 『코드 브레이커』(웅진지식하우스, 2022), 114쪽.

자, 이제 다시 덴마크 요거트 회사의 두 연구원 바랑구와 오르바트에게 돌아와 볼까요. 그들은 모히카의 크리스퍼 연구에 대해 알게 된 다음, 요거트를 만드는 박테리아를 바이러스로부터 보호하기 위해 크리스퍼를 이용할 방법을 찾게 됩니다. 특정 바이러스의 염기 서열을 크리스퍼에 인공적으로 삽입하면, 박테리아가 그 바이러스에 대하여 면역력을 갖는다는 것까지 확인했지요. 다니스코는 이 과정에 특허를 신청했고, 자사의 요거트를 건강하게 생산하는 공정에 이용하기 시작했습니다. 하지만 바랑구와 오르바트도 크리스퍼와 연관 효소가 정확히 분자 단계에서 어떻게 그 모든 일을 해 내는지는 알지 못했습니다. 그리고 그 비밀, 분자보다 더 작은 단위에서 크리스퍼와 크리스퍼가 만들어낸 RNA, 그 연관 효소인 Cas가 어떤 식으로 움직여 특정 DNA를 잘라 내는지 알아내기 위해, 제니퍼 다우드나가 본격적으로 연구에 뛰어들게 되는 거지요.

앞서 말했다시피 제니퍼는 끈기 있고 창의적이며 도전적이고 리더십이 강한 과학자였습니다. 그는 프랑스의 미생물학자인 엠마뉘엘 샤르팡티에와 함께 크리스퍼와 그 연관 효소(CRISPR-Cas9)가 어떤 식으로 작동하여 바이러스의 DNA를 잘라 내 무력화시키는지 연구했고 마침내 성공했습니다. 그들은, 2012년 6월《사이언스》에 발표한 논문에서 CRISPR-Cas9의 정확한 작동 방식을 분자 이하 단위에서 밝혀 냈는데요, 사실 더 중요한건, 거기서 한발 더 나아가 이 시스템으로 인간을 비롯한 모든 동식물의 유전자를 쉽고 빠르게 편집할 수 있다는 가능성을 제시한 데 있습니다.

계속해서 이어지는 UC버클리와 제니퍼 다우드나, 엠마뉘엘 샤르팡티에 팀과 MIT와 하버드가 공동으로 설립한 브로드 연구소, 중국계 과학자인 장펑 팀 사이의 치열한 특허 전쟁, 유전자 편집 기술을 대중에게 보급하려는 바이오해커들의 별난 세상에 대한 이야기도 흥미롭지만, 이 책의 백미는 4부 '크리스퍼의 활용'에 있을지도 모릅니다.

겸상적혈구빈혈증은 아프리카인이나 아프리카계 미국인에게 주로 나타나는 치명적인 질환입니다. 30억 개가 넘는 인간 게놈 염기쌍 중 단 한 쌍에 생긴 돌연변이로 인해 발생하는 이 병은, 뒤틀린 모양으로 변형된 헤모글로빈 때문에 적혈구가 낫 모양(겸상)으로 찌그러져 생기는 무서운 빈혈증입니다. 찌그러진 적혈구는 혈관 내에서 매끄럽게 이동하지 못하고, 결국 이 질환을 가진 사람은 조직과 기관에 산소가 제대로 전달되지 않아 극심한 통증에 시달리다가 50세가 되기 전에 사망하지요. 미시시피주 작은 마을에 살던 빅토리아 그레이 역시 겸상적혈구빈혈증으로 고생하고 있었는데, 2019년 7월 그는 CRISPR-Cas9으로 편집된 줄기세포를 주입받았습니다. 그것은 빅토리아의 몸 안에 자리 잡아 정상적인 모양의 적혈구를 만들어 냈는데, 1년쯤 지나자 더 이상 수혈을 받지 않아도 될 만큼 좋아졌고 통증도 완전히 사라지게 됐습니다. 검사 결과를 듣고, 빅토리아는 이렇게 말했다고 하네요. "아이들 고등학교 졸업식, 결혼식, 손주들, 나는 하나도 못 보고 떠날 거라 생각했어요. 이젠 딸들과 함께 웨딩드레스를 골라 줄 수 있게 되었어요."●

CRISPR-Cas9을 이용한 유전자 편집으로 치료할 수 있는 질병이 얼마나 많을지는 굳이 세어 보지 않아도 충분히 짐작 가능합니다. 어떤 이들은 이런 유전자 편집 치료가 부자들의 전유물이 될 거라고 부정적으로 전망하지만, 이 책에도 나와 있듯이, 기술이 발전하면 그 비용은 점점 내려가게 되어 있습니다. 가까이는 개인용 컴퓨터의 역사가 그것을 잘 보여 주고 있기도 하고요.

● 앞의 책, 327쪽.

그렇다면 이제 처음으로 돌아가, 우리가 어디로 가고 있는가에 대해 다시 이야기해 볼 시간입니다. 언젠가 — 생각보다 가까운 미래에 — 아마도 우리는…… 선택의 기로에 서게 되지 않을까요? 적어도 이 책『코드 브레이커』가 보여 주는 지도와 이정표에 의하면 그렇습니다. 우리는 자연에서 만들어진 생명체 중 최초로 스스로 진화할 수 있는 힘을 가지게 된 종(種)입니다. 누군가는 그러한 힘이 악마적이라고 하고, 또 다른 누군가는 그 힘이야말로 인류와 세계를 질병과 고통에서 구원할 신의 손이라고 주장합니다. 둘 중 무엇이 옳은 주장인지는, 결국 우리 자신이 선택하고 내디딘 길이 어디로 이어지는가에 따라 달라지겠지요. 그 미래가 어떤 것일지는 상상의 경계 저 너머에 있을 뿐입니다. 다만 한 가지 확실한 것은, 우리가 언제나 해답을 찾아왔다는 사실일 테지요. 책의 마지막 부분에서 저자인 월터 아이작슨이 말하듯이 말입니다.

우리가 현명하다면 잠시 길을 멈추고 보다 신중한 길을 택하기로 결정할 수 있다. 그렇게만 한다면 그게 비탈길이라도 해도 덜 미끄럽지 않을까? (……) 지금 당장 모든 것을 결정할 필요는 없다. 우리 아이들에게 어떤 세상을 남겨 주고 싶은지 묻는 것으로 시작하자. 그러면 우리 모두 함께 한 걸음씩, 이왕이면 손에 손을 맞잡고 가는 이 길을 더욱 깊이 느낄 수 있으리라.[*]

● 앞의 책, 628쪽.

끝없는 길 위에서,
우리는

▲   제프 호킨스, 『천 개의 뇌』

더글러스 애덤스의 멋진 소설 『은하수를 여행하는 히치하이커를 위한 안내서』에 의하면, 우주 전체를 통틀어 가장 똑똑한 생물은 바로 '쥐'입니다. 쥐들은 어느 날 '삶, 우주 그리고 모든 것'에 관하여 생각하기 시작했고 그 해답을 얻길 갈망했지요. 그들은 엄청난 노력 끝에 상상할 수조차 없는 거대한 슈퍼컴퓨터 '깊은 생각'을 만들고, 질문합니다. "삶, 우주 그리고 모든 것의 답은 무엇이지?"라고요. 당연히 슈퍼컴퓨터는 답을 찾기 시작합니다. 워낙 어려운 질문이라 계산을 하는 데만 수십억 년이 걸렸지요. 마침내 '깊은 생각'은 답을 찾았다는 신호를 보내고, 쥐들은 두근두근 떨리는 마음으로 답을 기다립니다.

그런데, 도대체 우주 최대의 슈퍼컴퓨터가 내놓은 대답은 무엇이었을까요? 네, 잘 알려져 있다시피, '깊은 생각'이 그 오랜 시간 생각하고 또 생각한 끝에 꺼낸 답은 '42'였습니다. 너무나 황당한 답에 충격을 받은 쥐들은 컴퓨터에게 항의하지요. "도대체 뭐 이따위 답이 있어? 이게 무슨 뜻이냐고!"라고 말입니다. 하지만 슈퍼컴퓨터는 이렇게 말합니다. "어차피 질문 자체를 이해하지 못했어. 그러니 이런 답이 나올 수밖에." 결국, 쥐들은 다시 도전하기로 합니다. 이번엔 더 큰 컴퓨터를 만들고 거기에 '삶, 우주 그리고 모든 것'의 시뮬레이션을 만들어 답을 얻기로 한 거죠.

우주에서 가장 똑똑한 쥐들이 만든 두 번째 슈퍼컴퓨터는 바로 지구였습니다. 그들은 지구라는 현실 위에 인간이라는 생명체를 얹은 뒤 '삶, 우주 그리고 모든 것'의 답이 나올 때까지 기다리고 기다리고 또 기다립니다. 이번에도 수십억 년의 세월이 흐르고 마침내 지구가 '우웅 ──' 하며 답이 나왔다는 신호를 보내는데요. 쥐들은 더욱 떨리는 마음으로 두 번째 슈퍼컴퓨터가 구한 답을 들으려 했지만, 안타깝게도 그 순간 지구는 폭파되어 사라지고 맙니다. 우주에 새로운 고속도로가 만들어지는데, 하필이면 지구가 그 경로를 가로막는 위치에 있던 탓입니다. 여하간, 그런 이유로 결국 쥐들은 '삶, 우주 그리고 모든 것'의 답을 또 듣지 못하게 되는데요, 또 모르죠, 어딘가에서 그들이 다시 세 번째 슈퍼컴퓨터를 만들고 있을지.

때로 뇌를 연구하고 이해하려는 시도가 이와 비슷하게 여겨질 때가 있습니다. 지구상 수많은 생명체 중 유일하게 삶의 유한성을 깨닫고 스스로 의식과 자아를 가졌다고 믿는 존재인 인간은, 이 모든 고차원적 정신 활동이 일어나는 장소인 '뇌'를 이해하기 위해 끊임없이 노력해 왔으니까요. 지금은 의식이 뇌에서 비롯된다고 믿는 것이 거의 진리로 통하지만, 예전엔 그것이 심장에 있다고 믿어진 적도 있고, 손과 발에 머문다고 주장하는 사람도 있었으며, 몸 전체에 고루 분포한다고 확신하는 이도 적지 않았습니다. 어쨌거나 인간이 지능을 갖고 하늘과 땅, 삶과 죽음, 시간과 공간을 인식하게 된 후로 이러한 의문은 결코 머릿속을 떠난 적이 없습니다. "의식은 무엇일까? 의식은 어떻게 생길까? 의식이 곧 인간이라면, 과연 인간은 무엇일까?"

다만 한 가지, 슈퍼컴퓨터를 만들었던 쥐들과 인간 사이에 다른 점이 있다면, 우리는 조금씩 앞으로 나가며 꾸준히 답을 찾아가고 있다는 사실일 겁니다. 머릿속에 조그만 인간인 호문쿨루스가 살고 있어서, 그가 밖에서 들어오는 온갖 감각 정보를 받아들이고 통합하며 인간을 움직인다고 믿었던 것이 불과 수백 년 전의 일입니다. 신이라는 불가해한 존재가 인간과 우주를 창조했고 여전히 지휘하고 있다는 믿음은, 아직도 많은 이들에게 유효하지요. 하지만, 이젠 모든 일이 뇌에서 일어난다는 것을 누구나 알고 있습니다. 단단한 두개골 안에 자리 잡은 채 영원히 — 정확히는, 태어나서 죽을 때까지 — 어둠 속에 머무는 포도송이만 한 뇌에서 삶 우주 그리고 모든 것이 만들어지는 거지요.

요즘은 가히 '뇌의 시대'라 해도 될 만큼 뇌에 대한 관심이 그 어느 때보다 뜨겁습니다. 알츠하이머 치매를 비롯한 온갖 뇌 질환은 뇌의 구조와 작동 방식을 완전히 이해하게 될 때 극복될 것입니다. 뇌로부터 인간의 모든 게 비롯된다면, 뇌를 이해하는 것이 곧 인간을 이해하는 일이 될 것이며, 이런 믿음을 가진 이들에게는 뇌를 알아가는 과정이 곧 자아를 찾는 여정이 되겠지요.

불사를 원하는 과학자들은 뇌를 얇게 썰어 그 구조와 작용을 연구하고 이를 컴퓨터에 시뮬레이션함으로써 비록 육체는 죽을지언정 의식만은 끝없이 기계 안에서 살아갈 수 있으리라는, 현대의 새로운 종교를 탄생시키기도 했습니다. 뇌가 어떻게 의식을 만들고 세계를 이해하는지 안다면, 그것을 인공지능에 적용하여 정말로 인간에 가까운 혹은 인간 그 자체인 AI를 만들 수도 있겠지요.

이런 여러 가지 이유로, 뇌과학은 전성기를 누리는 중이며, 앞으로도 이는 꽤 오랫동안 — 적어도 인간이 뇌를 완전히 이해할 수 있을 때까지 혹은 이해했다고 믿을 때까지 — 계속될 것입니다. 그리고 그런 의미에서, 뇌에 관해 완전히 새로운 시각을 보여 주는 『천 개의 뇌』를 읽는 것은 무척이나 시의적절한 일일 테고요. 이 책에서 말하는 '천 개의 뇌 이론'이 어찌나 흥미롭고 놀라운지, 서문을 쓴 리처드 도킨스는 이렇게까지 경고합니다. "절대로 자기 전에 읽지 말라"고요. 책이 너무 재미있어서 한번 손에 잡으면 결코 놓을 수 없고 마침내는 밤잠까지 설치게 될 거라는 게 도킨스의 주장인데요. 이 의견에는 저 역시 동의하는 바입니다. 특히나 평소 신경과학에 관심이 많았던 사람, AI에 대해 자주 생각했던 사람, 인류와 우주의 미래를 궁금히 여겼던 사람에게는 웬만한 추리소설보다 더 흥미진진하게 읽힐 거라고 장담합니다. (물론 다 읽은 후에는 온갖 생각에 빠져 먼 밤하늘을 바라보게 될 터이지만 말입니다.)

책에서, 제프 호킨스는 우리의 뇌를 '오래된 뇌'와 '새로운 뇌'로 나눕니다. 흔히 파충류의 뇌라고도 불리는 '오래된 뇌'는 맡은 일에 따라 제각기 다른 모습을 가졌고, 인간의 동물적 특성을 지배합니다. 생존 본능, 죽음에 대한 공포 같은 일차원적 감정이 이 '오래된 뇌'에 의해 발현되지요. 그 '오래된 뇌'를 감싸고 있는 신피질이 '새로운 뇌'인데, 보통 우리가 '뇌'라고 하면 떠올리게 마련인 쭈글쭈글한 주름투성이 겉껍질이 바로 이것입니다. 신피질(neocortex)은, 이름에서 알 수 있듯 진화 역사상 가장 최근에 생겨난 뇌의 구조에 해당합니다. 오직 포유류에게만 있고, 인간에게는 특별히 엄청나게 큰 부피로 존재하는 두께 2.5밀리미터의 신경세포층이, 자아와 세계를 인식하고 삶과 죽음을 성찰하게 하며 과학과 철학, 예술을 만들어 낸다는 것은, 생각할수록 놀라운 일입니다. 책의 서두에서 제프 호킨스가 이렇게 말했듯이 말입니다.

당신 머릿속에 있는 세포들이 이 단어들을 읽고 있다. 이 것이 얼마나 놀라운 일인지 한번 생각해 보라. 세포는 아주 단순하다. 세포 하나만으로는 읽거나 생각하거나 그

밖의 어떤 일도 제대로 할 수 없다. 하지만 충분히 많은 세포가 합쳐져 뇌를 만들면, 이 세포들은 책을 읽을 뿐만 아니라 쓸 수도 있다. 건물을 설계하고, 기술을 발명하고, 우주의 수수께끼를 해독할 수도 있다. "단순한 세포들로 만들어진 뇌가 어떻게 지능을 만들어 내는가?"는 아주 흥미로운 질문이며, 아직 수수께끼로 남아 있다.●

인간의 뇌가 외부로부터 쏟아져 들어오는 수많은 감각 자극을 해석하고 재구성하여 '세계'라고 여겨지는 일종의 시뮬레이션 즉 모형을 만들어 낸다는 이론은, 이미 널리 알려진 사실입니다. 그렇게 만들어진 모형을 바탕으로 우리 뇌가 끊임없이 세계를 재창조한다는 것 또한 이젠 누구나 알고 있지요.

그런데 제프 호킨스는 그 모형이 한 개가 아니라 수천 개가 넘으며, 각각의 모형은 신피질을 이루는 약 15만 개의 '피질 기둥(cortex column)'에 의해 만들어진다는 새로운 개념을 제시합니다. 그런 식으로 만들어진 외부세계에 대한 모형을 '기준틀(frames of reference)'이라고 하는데, 인간 뇌는 이 기준틀을 통해 세계를 지각하

● 제프 호킨스, 이충호 옮김, 『천 개의 뇌』(이데아, 2022), 21쪽.

고 예측하고 인식한다는 것이 호킨스의 '천 개의 뇌 이론(Thousand Brains Theory)'이지요. 사람은 태어나는 순간부터 세계와 사물을 접하며 머릿속에 기준틀을 만듭니다, 각각에 대해 한 번이라도 기준틀을 만든 경험이 있다면, 인간은 별다른 설명을 듣지 않아도 자동차와 자전거, 나무와 숲, 구름, 해, 달, 별, 강아지와 고양이, 새, 밤하늘과 우주, 나와 당신, 우리 모두를 인식하고 이해할 수 있는 거죠. 만약 이런 능력이 없다면 — 그러니까 예를 들어 우리가 그냥 로봇이라면 — 서로 다르게 생긴 자전거, 고양이, 강아지, 나무 등등에 대하여 온갖 변수와 참조를 입력해 줘야 할 겁니다. (그리고 그렇게 한다고 해도 입력값과 많이 다른 뭔가가 나타난다면, 로봇은 또다시 혼란에 빠져들겠지요.)

이 책이 말하는 한 가지 또 중요한 개념은, 뇌 안에서 작용하는 민주주의에 관한 것입니다. 지금 이 글을 읽고 있는 자기 자신을 생각해 보면, 아마 좀 더 이해가 쉬울 텐데요. 책을 읽으며 눈은 빠르게 글자를 따라 움직이고 귀에 꽂힌 이어폰에선 음악이 들려올지도 모릅니다. 동시에 열린 문 너머로는 누군가가 휙 지나가고 잠시 음악을 끈 동안, 혹은 음악을 듣는 사이에도 창밖에서는 벌레 우는 소리, 어린이들이 놀이터에서 뛰어노는 소리 같은 것들이 계속해서 들려옵니다. 책을 읽고는 있지만 잠깐씩 딴생각이 떠오르기도 하고, 휴대폰에서는 카톡이나 당근마켓 알림음이 들려오며 문득 어제 모기에 물린 다리가 근질근질해 오기도 하지요. 그 와중에 강아지가 다가와 의자를 긁으며 자기와 놀아 달라고 보채고 갑자기 수조에서 헤엄치던 거북이 먹이를 달라고 첨벙대며 물을 튀길지도 모릅니다. 이 외에도 미처 인식하지 못하는 온갖 자극들이 매 찰나 뇌로 쏟아져 들어오는데요, 이 많은 감각 자극들을 해석하고 받아들여 통합하는 '나'라는 존재는 대체 어디에 있는 걸까요?

한때(불과 수백 년 전만 해도) 우리 머릿속 어딘가에 조그만 인간인 호문쿨루스가 살고 있어서, 그가 진정한 '자기-의식'이며 수천수만의 자극과 온갖 생각들도 그를 통해 이해되고 받아들여진다는 신념이 통용됐습니다. 그럴 정도로 통합된 의식은 수수께끼의 대상이었죠. 그런데 제프 호킨스는 이 책에서, 뇌로 들어온 수많은 감각 자극에 대해 각각의 신경세포가 서로 다른 해석을 내놓고, 그 해석이 상위 신경으로 전달될 때 일종의 투표 과정 같은 걸 거쳐 가장 적합한 해석이 선택되는 방식으로 통합된다고 주장합니다. 그렇게 최종적으로 선택된 해석이 우리에게 전달되며, 우린 그에 따라 사고하고 판단하고 움직인다는 거죠. 이것이 옳고 그른가를 판단하는 건 차치하고라도 (호킨스 역시 말합니다. 아직 실험적으로 완전히 입증되진 않았다고요. 다만 현재 실험실에서 활발히 테스트 중이니 곧 옳다는 게 밝혀질 거라고도 합니다.) 뇌 안에서 일어나는 일에 대하여 이렇게 다채로운 주장을 접할 수 있다는 사실 자체가 인식의 지평을 넓혀 주는 것은 확실합니다.

신피질에 대한 흥미로운 이야기는, 책의 1부에서 내내 계속됩니다. 시각, 촉각, 후각, 미각, 청각 같은 감각 정보를 받아들이는 신경작용과 철학, 종교, 과학 등을 사고하고 탐구하는 신경작용이 궁극적으로는 같은 과정(감각-운동)으로 이루어진다는 주장은 특히 신선한데요. 이는 "생각 자체는 움직임의 한 형태이다."라는 독특한 발상으로 연결됩니다. 어떻게 인간처럼 사고하는 인공지능을 만들 수 있을 것인가, 그리고 많은 이들이 걱정하듯 (일론 머스크도 툭하면 얘기하죠. 언젠가 AI가 인간을 능가할 것이고, 그러면 무서운 일이 일어날지도 모른다고요.) 인공지능이 인류를 공격한다는 상상이 왜 부질없는 일인가를 설명하는 2부도 술술 읽히긴 마찬가지입니다. (귀띔하자면, 2부를 읽고 나면 왠지 마음이 편안해집니다. 제프 호킨스에게 설득당해서, 「매트릭스」의 미스터 스미스나 「터미네이터 2」의 T1000 같은 악당 로봇들이 생겨날 리 없다고 안도하게 되는 거죠.)

하지만 이 책의 진정한 가치는 3부에서 찾을 수 있다는 게 제 생각입니다. 여기서 우린 깊은 울림이 있는 질문을 마주하게 되거든요. 제프 호킨스는 '인류가 영속하려면 무엇을 해야 하는가'라고 묻습니다. 기후변화, 핵전쟁, 기근처럼 세계를 종말의 불안으로 몰고 가는 모든 문제는 인간의 '오래된 뇌'에서 유래하는데, 만약 멀거나 가까운 미래에 유전자변형 등의 과학기술을 이용하여 오래된 뇌의 동물적 본능을 삭제하거나 잠재울 수 있다면, 그때 우리가 어떤 선택을 하는 게 옳을지 묻는 거죠.

수십억 년의 진화 과정에서 우리를 살아남게 해 준 맹목적인 삶의 본능. 아주 최근에서야 생겨났지만 다른 동물과 인간을 확연히 구분하게 해 주는 이성과 지능. 이 둘 중에서 의미 없는 공포와 탐욕을 불러일으키는 '오래된 뇌' 쪽을 포기한다면, 인간은 완벽하게 이성적인 존재가 될 터이고, 마침내 인류는 평화와 번영을 누리며 새로운 역사를 열어 갈 거라는 게 제프 호킨스의 생각입니다.

그런데 그런 것이 과연 진짜 '인간'일까요? 도대체 인간은 무엇일까요? '오래된 뇌'의 온갖 본능이 깔끔하게 제

거되어(혹은 억제되어) 뛰어난 지능과 이성으로 올바르고 합리적인 판단을 내리는 존재만이 인간이어야 할까요?

문득 어떤 소설가의 말이 떠오릅니다. (유감스럽게도 그가 누구인지는 기억나지 않는데요.) 그는 좋은 소설의 조건을 이렇게 제시했습니다.

"좋은 소설은 답을 제시하지 않는다. 진짜 좋은 소설은 질문을 ─ 끝없이 이어지고, 이어지고 또 이어지는 ─ 던진다."

따라서 만약 『천 개의 뇌』가 소설이라면, 최고의 소설이라는 찬사를 받아도 마땅합니다. 책이 던지는 질문에는 답이 없고, 답을 하려고 하면 할수록 '인간 존재'라는 심연으로 끝도 없이 빠져들게 되니 말입니다.

다시 처음의 똑똑한 쥐들에 관한 얘기로 돌아가자면, 다음과 같은 의문이 떠오르는 것을 피할 수 없습니다. "혹시 인간이야말로 슈퍼컴퓨터로부터 42라는 불가해한 답을 얻었던 쥐들과 비슷한 일을 하고 있는 건 아닐까?"

우리는, 뇌와 의식이 무엇인지, 그를 통해 삶과 우주를 인식하는 인간이라는 존재가 어떤 건지를, 끊임없이 (순환-재귀적으로) 스스로에게 묻습니다. 어찌 보면 우리는, 우리를 통해 우리를 알아야 하고 뇌를 통해 뇌를 이해해야 하는 불가능한 길을 걷고 있는 건지도 모릅니다. 하지만, 중요한 것은 정답이 아니라, 질문을 던지고 답을 찾아가는 여정 그 자체 아닐까요? "의미에 대한 탐구가 곧 의미이고, 길이 목적지이며, 성배를 찾으러 나서는 원정이 성배 그 자체"●라면, 길을 찾는 것만으로도 우리는 우리에게 한 발 더 가까워질 수 있을 테니까요.

● 　마이클 폴리, 김병화 옮김, 『행복할 권리』(어크로스, 2011), 113쪽.

하늘의 무지개를 보면
내 마음 뛰나니

▲   귀도 토넬리, 『제네시스』
▲   싯다르타 무케르지, 『세포의 노래』

이번에는 어디서부터 시작하는 게 좋을까요? 어쩌면 아주 오래전, 제가 초등학생이던 시절의 어느 날로 돌아가는 게 어울릴지도 모릅니다. 아마도 봄이었던 것 같은데, 우리는, 과학특성화초등학교(그때는 물론 '국민학교'라고 불렀지만요. '과학 강국'이라는 슬로건이 국가의 모토이던 시대였고요.)라는 거창한 명칭과는 전혀 어울리지 않는 작고 어둠침침한 과학실에 모여 있었습니다. 한 반의 구성원은 60명이 넘었는데, 대충 여섯 명 정도씩 팀을 이룬 학생들은 앞에 놓인 현미경의 배율을 열심히 조절했습니다. 실험대 위에는 달개비 잎에서 벗겨 낸 막이 슬라이드에 덮여 있었고, 그 옆으로는 포름알데히드에 적신 거즈에 덮인 금붕어가 애처롭게 누워 있었지요.

그날은 태어나서 처음으로 현미경이라는 신비로운 기구를 통해 세포를 관찰하는 날이었습니다. 조심스럽게 렌즈의 배율을 조절한 다음, 달개비 잎에서 벗긴 막을 들여다본 순간을 저는 지금도 생생히 기억합니다. 손가락 위에 얹어 놓고 볼 때는 그저 반투명한 얇은 막에 불과한 그것이, 실제로는 육각형 비슷한 형태의 세포들로 이루어진 촘촘한 구조물이라는 걸 두 눈으로 직접 봤으니까요. 육각형의 세포는 단단해 보이는 세포벽으로 각각 둘러싸여 있고, 그 안에는 '핵'이라는 이름의 둥근 뭔가가 있었습니다. 눈을 접안렌즈에서 떼지 않은 채, 저는 공책에 꼼꼼하게 그 모양을 옮겨 그렸습니다.

포름알데히드에 마취되어 잠든 금붕어의 혈관은 달개비 잎보다 더 큰 놀라움을 안겨 줬습니다. 우리가 관찰한 것은 꼬리지느러미였는데, 그 작고 부드러운 지느러미에는 혈관들이 그물처럼 분포해 있었습니다. 초점을 맞추며 좀 더 확대하자 적혈구들이 움직이는 모습이 선명하게 보이더군요. 금붕어 같은 어류의 적혈구는 타원형이고 핵을 가졌지만, 우리 인간의 것은 원형에 가깝고 핵이 없다, 혹은 달개비 잎의 세포에는 세포벽이 있지만 인간이나 어류의 세포에는 세포벽이 없다, 등등의 사실은, 좀 더 큰 뒤에 알게 됐습니다. 하지만, 과학 선생님은 그 자그마한 과학실에서 우리에게 이렇게 말했죠.

"이런 적혈구가 너희들 모두의 혈관을 흐르고 있단다."

그러고 보면 이 글은, 좀 더 시간을 거슬러 올라 초등학교 1학년의 어떤 가을날에서 시작하는 게 나을지도 모릅니다. 그날은 부분일식이 있는 날이었고, 그게 어떤 원리로 일어나는 건지는 제대로 이해하지 못했지만, 여하튼 선생님은 우리 반 전체를 운동장으로 데리고 나가 하늘을 보여 줬습니다. 태양-달-지구의 위치 덕분에 일시적으로 해가 가려지는 신기한 현상을 직접 보기 위해 선생님이 준비한 것은, 촛불에 그을려 검게 만든 유리 조각이었습니다.

"해를 맨눈으로 보면 실명할 수도 있거든."

선생님은 이렇게 말했고, 우리는 한 줄로 쭉 서서 그 검게 그은 유리를 각자의 눈에 대고 달이 해를 삼킨 장면을 볼 차례를 기다렸습니다.

드디어 제 순서가 왔을 때의 놀라움을 저는 다행히 ●

● '다행히'라고 한 이유는, 윌리엄 워즈워스의 「무지개」라는 시 때문입니다. "하늘의 무지개를 바라보면/ 내 마음 뛰나니/ 나 어려서 그러하였고/ 어른 된 지금도 그러하거늘/ 나 늙어서도 그러할지어다/ 아니면

아직도 선명하게 떠올립니다. 검은 유리 너머에서 해의 일부가 달에 가려졌고 둥근 그림자 너머로 초승달처럼 보이는 태양이 부드럽게 빛나고 있었죠. 저는 긴 줄의 끝으로 가 또 한 번 차례를 기다렸고, 검은 유리 너머의 태양을 봤습니다. 하지만 어느새 그 짧은 마법의 순간은 지나가 버리고 말았지요. 해를 가리던 달은 사라지고 태양은 본래의 모습으로 돌아가 온 세상을 환히 비추었으니까요.

나중에 알게 되었지만, 오래전 제가 본 두 가지 놀라운 광경은 서로 같은 것을 말하고 있었습니다. 그러니까 그건, 어떤 근원에 관한 거였어요. 생명의 근원과 우주의 근원. 세포는 생명의 근원이고, 태양과 달이 떠 있는 우주는 세상의 근원이니 말입니다. 더 놀라운 것은, 인간이 두 가지 근원의 경이로움을 처음 마주할 때 사용한 두 개의 도구가 모두 반짝이고 투명한 유리 조각으로부터 만들어졌다는 사실입니다. 그 두 개의 도구는, (17세기 네덜란드의 안경사인 한스 리퍼세이가 유리를 정성스럽게 갈고 닦아 만든) 망원경과 (이번에도 역시 네덜란드 사람인 직물상

이제라도 내 목숨 거둬 가소서./ 어린이는 어른의 아버지/ 원하노니 내 생애의 하루하루가/ 천생의 경건한 마음으로 이어지기를……"

안톤 판 레이엔훅이 섬유의 품질을 검사하기 위해 유리를 갈아 만든) 현미경을 말합니다.

갈릴레오 갈릴레이는 네덜란드에서 만들어진 기묘한 원통을 바탕으로 더 성능이 뛰어난 망원경을 제작했고, 그걸로 밤하늘을 관측했습니다. 그는 지구가 해를 중심으로 공전하고 달은 울퉁불퉁한 천체이며 태양마저도 스스로 자전한다는 사실을 발견했습니다. 그가 《시데레우스 눈치우스》에 이런 것들을 발표했을 때 세상은 뒤집혔고, 인간은 전과는 완전히 다른 세계에 서게 됐습니다.

직물 상인인 레이엔훅의 경우, 초반에는 그저 섬유의 품질을 검사하는 데에만 현미경을 사용했습니다. 그러나 차차 두 개의 렌즈를 조절해 가며 보는 작은 세계에 광적인 흥미를 갖게 되었지요. 어느 날 심한 폭풍우로 그가 사는 도시가 물에 잠겼을 때, 레이엔훅은 빗방울 하나를 떠다 현미경 렌즈 아래 놓았습니다. 놀랍게도, 그가 본 것은, 한 방울의 물에서 엄청나게 많은 알 수 없는 작은 생물이 헤엄쳐 다니는 광경이었습니다. 인간이 두 눈으로 미생물을 처음 마주하는 순간이었죠. 안톤 판 레이엔훅은 자기가 본 것을 세밀하게 그려 넣고 자세한 설명을 더하여 『마이크로그라피아』라는 책을 냈습니다.

비슷한 시기에, 영국의 박식가인 로버트 훅은 코르

크 마개를 현미경으로 관찰했고, 그것이 작은 상자 모양의 조직체로 빽빽하게 채워져 있다는 사실을 알아냈습니다. 그는 거기에 '세포' 즉 'cell'이라는 이름을 붙였는데, 왜냐하면 그 작은 상자들이 각각 아주 조그만 방처럼 보였기 때문입니다. ('cell'이라는 단어의 어원은 작은 방을 뜻하는 라틴어 'cellua'라고 합니다.)

최초의 망원경과 현미경을 시작으로 우주와 생명을 관찰하는 도구는 나날이 발전했고, 덕분에 인간은 볼 수 없던 것을 보게 됐으며 들을 수 없던 것을 듣게 됐습니다. 그리고 이 두 권의 책 『제네시스』와 『세포의 노래』는 바로 그런 것들 —— 어떻게 해서 우주의 구성 입자를 알아내고 어떻게 우주가 자라나고 거기서 별과 모든 것이 탄생했는지, 또 어떻게 해서 세포라는 구성 단위를 찾아내고 그것이 생명의 기본임을 알게 됐는지, 앞으로 인간이 그 지식을 기반으로 무엇을 하게 될지 —— 에 관해 이야기하고 있습니다.

『제네시스』의 저자인 귀도 토넬리는 이탈리아 피사대학교의 일반 물리학과 교수이며 유럽 입자물리연구소(CERN)의 선임연구원입니다. 2012년 세상을 놀라게 했던 힉스 보손(보통은 힉스 입자라고 하며, '신의 입자'라는 별명을 갖고 있기도 하죠.) 발견에 핵심적인 역할을 한 입자 물리학자이기도 한데요, 저 또한 지금으로부터 10여 년 전, 유럽입자물리연구소가 강입자 충돌기에서 힉스 보손을 발견했다는 기사를 읽으며 심장이 두근대던 기억이 생생합니다.

힉스 보손이 왜 신의 입자인지를 알려면, 아마도 이 책의 첫 페이지에 있는 태초의 우주로 되돌아가야 할 겁니다. 우주라는 게 생기기도 전의 그런 우주로 말입니다. 왜냐하면 그 태초의 우주에서 힉스 보손과 그것이 만들어 낸 힉스장이 지금의 우주를 이루는 모든 입자에 고유의 특성을 부여했기 때문입니다.

단 하나의 점이 어느 순간 팡, 터지고 부풀어 올라 현재의 우주가 만들어졌다는 빅뱅이론은, 여러 의미에서 이제는 유명합니다. 그리고 현재의 우주가 팽창하고 있으며 별과 별 사이, 은하와 은하 사이도 점점 멀어지고 있다는 사실 역시 누구나 알고 있지요. 이러한 빅뱅이론을 따르자면, 우주는 언젠가 다시 쪼그라들어 빅크런치라는 종말을 맞이할 예정이었습니다. 와르르 무너져 다시 하나의 점이 된 우주가 또 한 번 대폭발을 일으켜 새로운 우주가 만들어지고, 그 과정이 끝없이 되풀이되리라 믿었던 거죠.

하지만 관측 장비의 발달로 우주 구석구석의 상태를 정확하고 정밀하게 분석할 수 있게 된 최근, 귀도 토넬리와 같은 입자 물리학자들이 알아낸 것은, 앞으로도 우주는 팽창을 멈추지 않으리라는 사실이었습니다. 그리고 이 큰 우주가, 그러니까 현재 알려진 직경만 137억 광년이나 되는 우주가, 이 끝에서 저 끝까지 균일하게 물질이 분포되어 있고 모든 곳에서 같은 온도를 지닌다는 놀라운 현상도 관찰하게 된 거죠. 거기에 더해서 (이건 암흑물질의 발견으로 이루어진 성과인데) 결국 우주 전체의 에너지를 계산하면 그 총합의 값이 0이라는 기이한 사실까지 알게 됐습니다. 우주는, 에너지의 합만 제로인 게 아니라 (만약 양수 3과 음수 3이 있다면, 그 둘의 합이 0인 것처럼) 전하, 각운동량, 충격량 이 모든 값의 총합이 0인 신비로운 곳이었습니다.

모든 것이 0인 우주. 여기서 떠오르는 것은 바로 진공입니다. 귀도 토넬리에 의하면, 이런 진공 우주야말로 '최초의 한 점'을 필요로 하지 않는 우주라고 하네요.

그러니까 우주는 빅뱅이론이 말하던 단 하나의 특이점에서 갑자기 펑, 하고 나타난 게 아니었습니다. 태초에 존재하던 것은 그저 진공뿐이었죠. 그러나 진공은, 무와 다릅니다. 무가 완전히 아무것도 없음을 의미한다면,

진공은 (적어도 물리적인 의미에서의 진공은) 오히려 무의 반대에 해당한다고 할까요. 그 안에는 아직 물질과 에너지만 없을 뿐, 무수한 양자들이 요동치며 거품처럼 부글부글 끓어오르고 있으니까요. 모든 양자 요동은 나타나자마자 사라졌지만, 그중 하나가 어떤 이상한 메커니즘에 의해 갑자기 불균등하게 부풀어 오르며 순식간에 (네, 책에서는 그 시간을 10^{-32}초라고 합니다.) 팽창하여 지금의 우주가 시작됐다는 것이, 바로 인플레이션 우주론입니다. 이 새로운 우주 탄생론은, 유럽입자물리연구소에서 발견된 힉스 보손의 존재, 그리고 우주 전체 모습을 그려 내는 기술의 발전에 따라 점차 사실로 밝혀져 가고 있는데요. 이에 관해 귀도 토넬리는 이렇게 말합니다.

우주의 항성 거리와 양자역학의 극소 세계 사이, 엄격하게 결정된 동시에 혼란스러운 이 작열하는 관계에서, 물질 구조가 탄생하여 역동성과 아름다움을 낳습니다. 요동이 없는 세계에서는 별도 은하도 행성도 생겨나지 않았을 것입니다. 완벽한 우주에서는 봄바람도 미소 짓는 소녀도 존재하지 않았을 것입니다.●

두 번째 책인 『세포의 노래』를 얘기하기 전에, 앞서

말씀드린 안톤 판 레이엔훅의 편지 한 구절을 소개하고 싶습니다. 호기심 많은 네덜란드의 직물 상인은 빗방울에서 작은 생명체를 관찰한 뒤 다음과 같은 편지를 썼습니다.

> 우리는 더 나아가서 이 작은 세계의 가장 작은 입자에서 물질의 무궁무진한 새로운 자원, 다른 우주를 자아낼 수 있는 자원을 발견할지도 모릅니다.[**]

1712년에 그가 담담하게 적어 내려간 예언은 드디어 현실이 되었고, 그래서 저자인 싯다르타 무케르지는 (그는 현재는 콜럼비아대 메디컬센터 종양내과 의사로 일하고 있으며 다른 의학 서적들로 퓰리처상을 받기도 했는데요.) 자신의 책 첫 장에 한 소녀를 등장시킬 수 있었습니다. 중간에 실린 사진 속에서 환하게 웃고 있는 소녀의 이름은 에밀리 화이트헤드. 다섯 살에 급성 림프 모구 백혈병 진단을 받은 에밀리는, 온갖 치료법이 더 이상 듣지 않게 됐을 때 필라델피아 아동병원에서 임상시험에 자

● 　귀도 토넬리, 김정훈 옮김, 『제네시스』(쌤앤파커스, 2024), 100쪽.
●● 　싯다르타 무케르지, 이한음 옮김, 『세포의 노래』(까치, 2024), 59쪽.

원했습니다. 에밀리 자신의 몸에서 뽑아 낸 면역세포인 T세포를, 암세포를 인식할 수 있도록 유전자를 바꾼 뒤 다시 주사하는 요법이었죠. 3일에 걸쳐 유전자 변형 T세포를 주입받은 에밀리는 갑자기 열이 치솟으며 빈사 상태에 처했습니다. 콩팥을 비롯한 몸의 모든 기관이 망가지기 직전이었는데, 그건 암세포를 골라 죽이도록 무기화한 T세포가 작업을 시행하는 동안 또 다른 면역인자인 인터류킨6(사이토카인의 한 종류입니다.)가 대량으로 분비되어 몸 곳곳을 공격하며 일어난 결과였습니다.

생사의 기로를 헤매던 에밀리는, 때마침 만들어진 신약 덕분에 목숨을 건질 수 있었습니다. 바로 그 직전 FDA에서 사용 승인을 받았던 인터류킨6 억제제가 있었기 때문이죠. 억제제를 투여하고 이틀 뒤, 에밀리는 깨어났습니다. 그날은 바로 에밀리의 일곱 번째 생일이었는데, 놀랍게도 몸 전체에서 암세포가 완전히 사라진 후였죠.

에밀리 화이트헤드는 현재 스무 살이 넘었고, 여전히 재발 없이 건강하게 지내고 있습니다. 그리고 저자인 싯다르타 무케르지는 에밀리 같은 사람들을 '신인류'라고 부르기를 주저하지 않습니다. 신인류란, 발달한 세포 공학에 관한 지식을 바탕으로 세포 조작, 재가공이라는 치료를 거쳐 건강을 되찾은 이들이며, 싯다르타에 의하면 앞으로 그 수는 점점 늘어날 거라고 합니다.

하지만 세포공학이라는 첨단의 치료법이 처음부터 가능했던 건 아닙니다. 세포가 "생명 안의 생명. 전체의 일부를 이루는 독립적인 생명체, 즉 단위"이며 "모든 생물은 이 '기본 입자'로 이루어졌다는 사실"●을 알게 되기까지는 긴 시간이 필요했으니까요.

지금은 정자가 난자와 만나 수정이 이루어져 새로운 인간이 만들어진다는 사실을 누구나 알고 있지만, 1694년에 그려진 한 세밀화를 보면 왜 우리가 세포라는 극히 작은 세계를 받아들이기까지 그리도 기나긴 세월이 필요했는지 금세 깨닫게 됩니다. 네덜란드의 학자였던 니콜라스 하르트수커가 그린 이 그림에서, 정자 모양으로 생긴 꼬리 달린 미소(微小)동물의 머리 부분에는 아주 작은 사람이 무릎을 모으고 앉아 있습니다. 그러니까 그때만 해도 정자 안에는 이미 완성된 조그만 사람이 들어 있고, 그게 여성의 몸에서 자라나 태어나는 거라고 믿었던 거지요. 그렇지만 인간은 도구의 힘을 빌려 점점 더 먼 우주를 보았고, 점점 더 작은 세계를 들여다봤습니다.

● 　앞의 책, 14쪽.

우주의 끝, 그 너머 다른 우주들, 다른 시공간들. 세포, 핵, DNA, 그 모든 것을 이루는 더 작은 입자들. 경이로운 것은, 결국 인간이 가장 멀리 갔을 때와, 자기 몸의 가장 작은 부분으로 파고들었을 때 도달한 곳이 같은 장소라는 사실 아닐까요? 우리는, 별이기도 하고 별의 먼지이기도 하며 한때는 바위였고 또 다른 한때는 소행성의 극히 작은 일부였으며 기억나지도 않을 과거의 언젠가는 다른 생명체의 한 부분이었고 가깝거나 먼 미래에 또다시 그렇게 될 예정인 입자와 세포의 집합체입니다.

137억 년 전 어느 순간 고요하던 (그러나 알고 보면 양자 요동으로 끓어오르던) 진공에서 하나의 거품이 탄생했습니다. 보통은 10^{-32}초도 안 되는 시간 안에 사그라들던 그 거품은 왠지 없어지지 않았고 급팽창하여 우주가 되었습니다. 장담컨대, 만약 이 책들『제네시스』와『세포의 노래』를 읽는다면, 태초의 그 자그마한 양자 거품에 무한한 사랑과 경의를 보내고 싶어질 겁니다. 그러고는 저처럼 윌리엄 워즈워스의 오래된 시를 다시 한번 떠올리겠죠. 그 어느 때보다도 고맙고 다행한 심정으로요.

경이로운 것은,
결국 인간이 가장
멀리 갔을 때와,

자기 몸의 가장 작은 부분으로
파고들었을 때 도달한 곳이,
같은 장소라는 사실 아닐까요?

3장

그 작고 부드러운
깃털 위에
세계…가

세계의 일면을
엿볼 수 있게 해 주는 과학책

비둘기들이 걷는 고요한 지붕에서
고래의 죽음에 이르기까지

▲ 클레르 누비앙,『심해』

비둘기들이 걷고 있는 이 고요한 지붕은
반짝거린다, 소나무 사이, 무덤 사이에서
여기 公平한 '正午'가 불로써 構成한다
바다를, 언제나 다시 시작하는 바다를!

　폴 발레리의 시 「해변의 묘지」를 처음 읽은 것은, 고
등학교 1학년 때입니다. 그때 제가 살던 도시에는 청구서
적이라는 큰 서점이 있었는데, 그곳 2층 서가에 꽂혀 있
던 『프랑스 명시집』(종로서적)이라는 책에 이 시가 실려
있었지요. 1988년에 초판이 인쇄된 책답게 한자가 가득
했던 시집의 시 전체를, 저는 거의 외우다시피 읽고 또

읽었습니다. 그중에서도 가장 좋아했던 시 중의 하나가
「해변의 묘지」였고요. 그래서 나중에 민음사판 발레리
시집을 새로 산 뒤에도, 바다에 가면 언제나 민희식 교수
의 번역으로 처음 읽었던 이 구절을 떠올리곤 했습니다.

"비둘기들이 걷고 있는 이 고요한 지붕은 반짝거린
다, 소나무 사이, 무덤 사이에서. 여기 공평한 정오가 불
로써 구성한다. 바다를, 언제나 다시 시작하는 바다를."

소나무 사이, 무덤 사이에서 반짝이는 고요한 지붕
은 바다의 수평선을 의미하고 비둘기들은 갈매기를 뜻
한다고 읽은 기억도 납니다. 그런데 저 반짝이는 바다,
바람 없는 날이면 푸른 양탄자처럼 잔잔하기만 한 수면
아래 깊은 곳에서 무슨 일이 일어나고 있는지 아는 이가
얼마나 될까요. 빛조차 닿지 않는 심해에 누가 사는지,
부드러운 흙바닥에서는 무엇이 조용히 움직이는지, 열
수분출공에선 얼마나 뜨거운 물이 솟아나는지, 1만 미터
가 넘는 해구의 갈라진 틈에서는 도대체 어떤 신기한 일
이 벌어지고 있는지, 우리는 아직도 거의 알지 못하고 있
습니다. 지구에서 생명이 살 수 있는 공간의 99퍼센트
가 바다이고, (뒤집어 말하면, 우리가 사는 지상은 겨우 1퍼센
트를 차지하고 있을 뿐입니다.) 그 바다의 85퍼센트가 깊고
깊은 심해로 이루어져 있는데도 말입니다.

『심해』의 저자인 클레르 누비앙도 같은 의문을 가지고 이 책을 쓰기 시작했습니다. 어느 날 그는 티브이 다큐멘터리에서 깊은 바닷속 생물의 신비롭고 아름다운 모습을 보았고, 그때부터 심해 생물에 빠져들었습니다. 그러고는 지금까지 밝혀진 지구 전체 생물종의 가짓수가 140만 종인데, 심해에는 아직도 인간이 알지 못하는 천만 종 이상의 생명체가 있다는 사실에 놀라지요. 만약 이 어마어마한 숫자가 쉽게 와닿지 않는다면, 그저 가만히 눈을 감아 볼 일입니다. 그런 다음, 하늘을 나는 새들, 땅 위와 땅속을 기어 다니는 수많은 벌레와 환형동물들, 네발 달린 짐승들, 그리고 70억이 넘는 사람들, 눈에 보이지 않는 박테리아와 균류, 산과 초원을 뒤덮은 풀과 나무들, 이 모든 걸 합친 것보다도 더 많은 생명체가 어둠 속에서 저마다의 삶을 살아가는 깊은 바닷속을 상상하면 되니까요.

심해는 수심 200미터 이상의 깊은 바다를 뜻합니다. 그곳에는 더 이상 태양 광선도 비쳐 들지 않고 눈앞은 온통 깜깜하며 무시무시한 수압과 얼음처럼 차가운 바닷물이 우리를 내리누릅니다. 이런 물속에서 단단한 골격과 피부 껍질을 가진 동물은 단 1초도 살아남지 못하겠지요.

심해에서 자유로이 유영하며 헤엄치는 존재는, 말랑말랑하고 부드러운 생물들뿐입니다. 그들은 세상에서 가장 살기 힘든 환경에 맞서는 대신, 자신의 몸을 변형시켜 거기에 적응했습니다. 단단하던 뼈는 가늘고 길어졌으며 몸은 젤리처럼 부드럽고 투명해졌지요. 어둠 속에서 길을 찾기 위해 발광체를 달았고, 거대한 눈망울을 발달시켜 얼마 안 되는 아주 조금의 빛이라도 다 긁어모을 수 있게 되었습니다. 길고 뾰족한 이빨, 기이한 수염은 한 치 앞도 보이지 않는 암흑 속에서 자기 앞에 다가온 포식자나 피식자를 감지할 때 꼭 필요한 기관이며, 팔다리를 뒤덮은 융털은 수압을 덜 느끼며 빠르게 이동할 수 있는 수단이 되었고요.

살아남기 위해 변형된 그들 심해 생물의 몸은, 인간에게 기괴한 상상력의 원천이 되어 줬습니다. 박물지에 등장하는 해괴한 바다 괴물들, 『해저 2만 리』의 거대 오징어, 제임스 카메론의 영화 『심연』에 등장하는 괴생물체 등등. 이 모든 기이한 생물들은, 알고 보면 지구가 자기 안에 품은 생명에게 선사한 아름답고 정교한 진화의 결과물이었던 겁니다.

심해 생물이 반드시 바닷속 어느 한 장소에만 머무는 건 아닙니다. 많은 심해 생물들이 더 깊은 바다와 더 얕은 바다를 부지런히 수직 이동하며 살아가니까요. 그들은, 낮에는 깊은 바다 거의 밑바닥에 가만히 머물다가, 해가 지고 완전한 어둠이 찾아들면 조심스럽게 위쪽으로 올라옵니다. 심해 생물들은, 언제 잡아먹힐지 몰라 위험으로 가득한 그 차갑고 무거운 물속을 왜 그리도 열심히 위아래로 오가는 것일까요. 책에서는 그 이유를 다음과 같이 감동적인 문장으로 설명하고 있습니다. "그들은 인간과 마찬가지로 먹을 것과 사랑할 누군가를 찾아"● 그렇게 밤낮으로 바닷속을 수직 이동한다고 말입니다.

그렇지만 이 부드럽고 말랑한 생물들의 이동이 낭만적이기만 한 것은 아닙니다. 심해 생물군이 무리를 지어 천해로 올라올 때마다, 얕은 바다의 수많은 생명체는 흔적도 없이 사라지고 맙니다. 심해 생물들이 그들을 먹어 버리기 때문인데요. 이렇게 영양분을 섭취한 생물들은 다시 저 아래 어두운 심연으로 내려가고, 이런 식으로 유기물은 생명의 순환 고리를 따라 흐르며 지구의 역사를 만들어 가는 겁니다.

그런데, 심해가 정말 검은 어둠으로만 뒤덮인 곳일까요? 책에 의하면, 바닷속은 때로 밤하늘처럼 보이기도

●   클레르 누비앙, 김옥진 옮김, 『심해』(궁리, 2022), 72쪽.

175

합니다. 단 한 가닥의 태양 광선도 뚫고 들어오지 못할 그 깊은 암흑, 수천 미터 물 아래에도 헤아릴 수 없이 많은 빛이 존재하기 때문입니다. 우주에서 빛을 내 밤하늘을 밝히는 게 별이라면, 심해에서 무수히 반짝이며 빛을 만들어 내는 존재는 바로 동물입니다. 그들은 스스로 빛을 내어 신호를 주고받고 포식자를 물리치며 피식자를 유혹하지요. 깊은 바다에 사는 동물의 80~90퍼센트가 발광 능력이 있다고 하니, 어쩌면 원래부터 지구의 생명체는 빛으로 의사소통을 했던 걸지도 모릅니다. "의심할 것 없이, 생물발광은 이 행성에서 가장 널리 활용되는 의사소통 방법이다."●라고 책에도 쓰여 있듯 말이에요.

이건 여담인데, 매콤한 찜으로 즐겨 먹는 아귀도 심해의 발광 동물이라고 합니다. 책에는 모든 아귀가 스스로 빛을 낸다고 적혀 있는데요, 그들은 빛을 만드는 박테리아 수백만 마리를 몸속에 지닌 채 어둡고 깊은 바다를 돌아다닙니다. 발광박테리아는 아귀가 환한 빛을 내게 해 주고, 아무것도 모르는 가여운 피식자들은 여름밤 불빛을 향해 날아드는 나방 떼처럼 아귀의 유인체를 향해 몰려들지요. 참, 말하고 싶었던 건 이겁니다. 앞으로 접

●   앞의 책, 93쪽.

시 위에서 콩나물, 미더덕과 함께 버무려진 아귀를 볼 때마다, 우주처럼 깊고 어두운 바다와 그곳을 유영하며 별처럼 빛을 내던 한 마리 물고기가 떠오르리라는 사실.

중층 수역에서 출발하여 한 장씩 책을 넘기다 보면, 어느새 심해를 지나 수천 미터 아래의 바다 밑바닥에 닿게 됩니다. 19세기까지만 해도, 사람들은 심해저가 온통 진흙으로 덮여 있다고 믿었습니다. 그 진흙 바닥은 움직임이라고는 없이 고요하며, 거기서 모든 생명이 생겨났을 거라 생각했지요. 이런 믿음은 19세기 말 영국 해군함 챌린저호의 탐사로 뒤바뀌게 됩니다. 인류가 처음으로 본 심해저는, 상상했던 것처럼 평온하고 조용한 땅이 아니었습니다. 그곳에는 뜨거운 물이 솟아나는 열수분출공과 에베레스트산보다 더 높은 해저 산, 지구 중심을 향해 끝을 알 수 없을 만큼 깊이 갈라진 해구가 있었습니다. 그리고 셀 수 없이 많은 생물들. 유황이나 메탄에서 영양분을 합성해 내는 조류와 그 작은 조류를 먹고 사는 갑각류, 그 밖의 이름도 얼굴도 모르는 무수히 많은 생명체가 사는 곳이 바로 심해저였지요. 그런 의미에서 본다면, 심해를 우주에 비유하는 건 어딘가 어울리지 않는 수사법일지도 모릅니다. 생명의 온기라곤 찾기 힘든 검고 차가운 우주와 달리, 심해는 그야말로 부글부글 끓어오르는 '삶의 도가니' 그 자체니까요.

심해 생태계가 인간이 살아가는 방식 때문에 바뀔 수도 있다는 사실은, 우리에게 생각할 거리를 던져 줍니다. 깊은 바다에서 생물이 살아가려면 산소가 필요한데, 그 산소는 극지방의 얕은 바다에서 아래로 가라앉는 차가운 물 덕분에 심해까지 운반됩니다. 그러나 지구 온난화로 표층이 고르게 따뜻해지면, 극지방에서 물이 아래로 가라앉는 과정이 더는 일어나지 않는다고 합니다. 결국 심해 생물들은 산소를 공급받지 못하여 죽음을 맞고, 그들을 먹이로 삼는 다른 동물도 더는 살아갈 수 없게 되고 마는 거지요.

다만 한 가지 위안이 되는 것은, 지구가 항상 차가워졌다가 다시 따뜻해지고 또다시 차가워지기를 반복해 온 행성이라는 사실입니다. 중생대 말기인 9천만 년 전과 신생대 초기인 5천만 년 전에도 지구는 따뜻했고, 그때 심해 생물의 대량 멸종이 일어났습니다. 하지만 심해는 매번 되살아났습니다. 본래 있던 생물이 사라진 자리로 더 얕은 바다에 살던 생물들이 내려갔고, 그렇게 내려간 생명체는 자신의 몸을 심해 환경에 맞게 변형시켰지요. 그러므로 지금의 심해 생물들은 오래전부터 그 자리에 화석처럼 머물러 온 존재가 결코 아닙니다. 그들 역시 우리와 마찬가지로 지구와 함께 새로이 생성되고 변화하며 적응해 온 진화의 산물인 것입니다.

책은 심해저를 지나 드디어 바다 밑 고래의 죽음으로 긴 여정을 끝냅니다. '지구의 가장 큰 포유류는 죽어서 어디로 가는 것일까'에 관한 이야기로 말입니다. 고래가 늙거나 병들어 죽으면, 그 거대한 유기물 덩어리는 천천히 천천히 아래로 가라앉습니다. 그렇게 가라앉으며 수많은 물고기에게 살과 지방을 뜯어먹히지요. 어떤 먹장어들은 미끈거리는 몸으로 고래 사체의 지방층을 뚫고 들어가 이리저리 헤집고 다니기도 합니다. 그러면서 마음껏 배를 채우며 오랜만의 포식을 즐기는 거지요. 이제 살덩어리가 많이 남지 않은, 그렇지만 아직도 영양분 가득한 유기물로 채워진 죽은 고래의 몸이 점점 더 아래로 내려갑니다.

심해저의 부드러운 흙 위로 그 커다란 사체가 떨어질 때, 깊고 어두운 바다에선 어떤 소리가 날까요? 진흙 알갱이들이 튀어 올라 물속으로 퍼져 나가고 죽은 듯 숨어 있던 바다거미나 요각류들은 깜짝 놀라 사방을 두리번거릴 겁니다. 그러고는 곧바로 고래에게 달려들어 뼛

속까지 하나도 남기지 않고 열심히 먹어 치우겠지요. 책에서는 고래 한 마리가 가라앉을 때마다 심해저 생물들이 짧게는 1년에서 길게는 한 세기까지 배를 채울 수 있다고 말합니다. 현재 지구의 심해저에는 60만 마리가 넘는 고래가 가라앉아 있다고 하니, 어쩌면 우리는 고래의 죽음이라는 세계를 딛고 살아가는 존재일지도 모릅니다. 아니, 고래는 곧 우리 자신이기에, (왜냐하면 지구 위 생명은 모두 하나의 근원에서 갈라져 나왔을 테니까요.) 우리는 우리 스스로를 양분으로 삼아 죽고 다시 태어나고 또다시 죽고 다시 태어나는 존재라고 할 수도 있겠지요.

"바다를, 언제나 다시 시작하는 바다를."

책의 마지막 페이지를 넘기며 이 시구를 생각한 건 아마도 이런 연유에서였을까요?

그러니까, 모든 것이 바다에서 시작되고 끝났다가 다시 시작한다는 (새삼스럽고도 생생한) 자각, 저 신비로운 생명의 순환이 앞으로도 (영원히) 계속되리라는 기대 혹은 희망. 무엇보다도, 35억 년 전부터 여전히 우리 안에 있을 바다에 대한 기억 같은 것들.

그 작고 부드러운 깃털 위에, 세계가

▲   스콧 와이덴솔, 『날개 위의 세계』

어떤 얘기로 이 글을 시작할지 생각하느라, 노트북을 열어 놓고 오래도록 앉아 있었습니다. 그만큼 하고 싶은 말이 많은 탓인데, 왜냐하면 지금 이 순간에도 ── 보이진 않지만 ── 검고 어두운 창공을 가로지르며 어디론가 이동하는 새 떼가 하늘을 가득 메우고 있을 것이기 때문입니다. 그들은 별을 보며 자신의 위치를 파악합니다.

그저 별을 쳐다보며 '아, 내가 북극성을 향해 가고 있구나.' 이렇게 생각하는 건 아닙니다. 『날개 위의 세계』(부제: 철새의 놀라운 지구 여행기)에 의하면, 쉬지도 않고 지구를 반 바퀴 혹은 그 이상 날아서 이동하는 철새들은, 머나먼 별로부터 날아온 광자(光子, 이 책에서는 '빛알'이라 칭했지만, 저는 익숙한 용어인 '광자'를 쓰도록 하겠습니다.)의 양자역학적 성질을 이용해 자신들의 위치를 알아냅니다.

새들은 망막에 '크립토크롬'이라는 빛 반응 색소를 가지고 있는데, 특히 청색광에 반응하는 크립토크롬이 별에서 온 광자에 민감합니다. 광자는 크립토크롬 분자에 와 부딪히고, 그때 전자(電子) 한 쌍이 튀어나와 '양자 얽힘' 상태를 이루는 거죠. 양자 얽힘은, 양자물리학의 가장 신기한 현상 중 하나인데, 이렇게 얽혀 버린 전자 둘은 아무리 멀리 떨어져 있어도 서로를 정확히 반영합니다. 한 전자가 우주의 이쪽 끝, 또 다른 하나가 우주의 반대쪽 끝에 있다면, 어느 한쪽의 스핀(자기장 내에서 일어나는 전자의 회전 운동을 말합니다.) 상태를 아는 것만으로도 수백억 광년 떨어진 또 다른 전자의 상태를 정확히 유추할 수 있으니까요. 크립토크롬에서 튀어나온 양자 얽힘 상태의 수많은 전자쌍은, 지구 자기장의 미묘한 영향을 받으며 이리저리 배열되고, 그것이 망막에 어떤 지도를 그려 냅니다.

쉽게 말해서 철새들은, 오직 그들만이 볼 수 있는 또 다른 지구를 알고 있는 셈인데요. 그 작은 새들은, 지도나 나침반 혹은 GPS 신호도 없이, 그저 유전자에 새겨진 본능과 눈앞에 그려지는 신비로운 자기장의 지도를 따라 그렇게도 먼 거리를 날아가는 겁니다.

따라서, 어쩌면 이 글은 다음과 같은 얘기로 시작하는 게 어울릴지도 모릅니다. 지난여름 치악산 어떤 사찰 처마 밑에서 만난 새끼 제비들에 관한 이야기로 말입니다. 사천왕상이 있는 절 입구를 지나 계단을 오르면, 키가 큰 어른은 허리를 굽혀야 통과할 수 있는 좁은 통로가 나타나는데요. 약간은 어둡고 그늘진 통로를 지날 때, 어디선가 "짹짹" 친근한 울음소리가 들려왔습니다. 살펴보니, 비좁은 처마 밑 공간에 조그만 새 둥지가 눈에 띄더군요. 진흙과 풀을 단단히 굳혀 만든 둥지에는 새끼 제비 다섯 마리가 머리를 내밀고 있었는데, 엄마 제비는 어디로 갔는지 보이지 않았죠.

저는 반가운 마음에 한참 동안 제비들을 바라봤습니다. 어릴 때 우리 집 지붕 밑에도 제비 둥지가 있었거든요. 해마다 봄이면 어디선가 제비들이 날아와 낡은 둥지를 다듬었고, 거기서 새끼를 낳아 길렀습니다. 여름 내내 시끌시끌 지내던 제비들이 사라지는 것은, 더위가 가시고 찬 바람이 불 무렵이었어요. 마당에서 놀다가 문득 처마를 올려다보니, 텅 빈 둥지만 남아 있던 장면이 아직도 기억납니다. 그때마다 저는 속으로 '이제 가을인 거구나.' 중얼거리곤 했습니다.

대표적 여름 철새인 제비는, 겨울에는 동남아시아 일대에서 지내다가 여름에 우리나라로 와 번식기를 보냅니다. 제비가 하필이면 우리나라를 번식지로 선택한 이유는, 이동하는 동안 단 한 번도 쉴 수 없는 그 조그만 새들이 — 대륙 위를 날아 이동하는 새들은 중간에 잠깐이라도 땅에 내려앉아 쉴 수 있습니다. 하지만 망망대해를 날아 건너야 하는 제비들에게 파도가 출렁이는 수면은 결코 쉴 만한 장소가 아닙니다 — 바다를 건너 만나는 첫 번째 육지가 바로 한반도이기 때문입니다. 몸무게 20그램 정도의 작은 새가 최대한 열심히 날갯짓하여 도달할 수 있는 가장 먼 땅이 우리나라인 셈이죠.

『날개 위의 세계』에서는 새들이 번식기에 고위도 지역으로 이동하는 것이, 천적인 뱀 등의 파충류로부터 새끼를 보호하기 위해서라고 설명합니다. 어른 새는 뱀이 나무를 타고 기어 올라와 공격하면 얼마든지 날아서 도망칠 수 있지만, 아기 새들은 그렇게 할 수 없으니까요. 저위도이고 따뜻한 지역일수록 천적인 파충류가 많고, 그래서 모든 철새는 상대적으로 기온이 낮은 고위도 지역을 향해 날아갑니다. 겨울 철새인 가창오리들은 머나먼 캄차카 반도에서 알을 낳고 새끼를 기르며 여름을 보내고, 겨울이 되어서야 우리나라 서해안으로 날아오지요.

슬프게도 전 세계 제비들의 개체 수는 — 다른 수 많은 종류의 철새들과 마찬가지로 — 하루가 다르게 줄고 있습니다. 도시화로 인해 어린 제비가 잡아먹을 만한 곤충이 없어졌고, 근 20여 년 사이에 우리나라의 제비도 10분의 1로 급감했지요. 빗방울이 후드득 떨어지던 지난 여름 어느 날, 치악산 중턱의 사찰 처마 밑에서 새끼 제비들을 그리도 오래 바라봤던 건, 그런 이유에서였습니다.

그러고 보면, 어릴 때는 하늘이 바다라고 생각한 적이 있습니다. 하늘이 바다처럼 여겨지는 날이면, 집 앞에 있던 고등학교 운동장에 가서 허공을 헤엄쳤습니다. 마치 새처럼 팔을 쫙 펴고 아무도 없는 텅 빈 운동장을 이리저리 달린 거지요. 그럴 때 하늘을 올려다보면, 저녁이 가까워서 그런지 하늘보다 더 짙은 남색으로 변한 구름 사이로, 작은 새들이 일정한 대형을 이루어 멀리멀리 떠나가고 있었습니다. 새들이 일렬로 하늘을 가로지르는 광경은, 신비로우면서도 위엄이 넘칩니다. 아무리 오래도록 눈으로 좇아도 결코 질리지 않을 듯했죠. 하지만 새들은 너무나 빨리 더 깊은 바다로 자맥질해 갔습니다. 본래 바닷속에만 머물던 황다랑어나 고래가 문득 수면 위에 모습을 보이듯 그렇게 찰나 동안 말이에요. 그러면 저는 운동장 한가운데 서서 새들이 사라진 하늘을 지켜봤습니다. 혹시 다시 나타날지도 모른다는 기대감에 빠져. 저 작은 새들이 가는 곳은 어디일지 궁금한 마음을 품은 채. 그러나 결국 새들은 돌아오지 않았고, 그제야 멀리서 밥 짓는 냄새가 풍겨 왔습니다. 그런 날은 집에 가 잠자리에 누워서도 계속해서 상상했습니다. 구름보다 더 높은 곳에서 바람에 몸을 싣고 날아갈 작은 새들의 무리에 대하여.

아마도 새들은 김명인 시인이 「새」에서 읊었듯, 바다 같은 하늘을 날고 있었겠지요.

살얼음진 푸르름을 밟으며 어떤 새들은
우리가 모르는 하늘강
저 건너에서도 날고 있으리라●

새에 관해서라면, 최하림 시인의 「겨울이면 배고픈 까마귀들이」를 빼놓을 수 없습니다. 정말 좋아해서, 새들을 볼 때마다 입속에 맴도는 이 구절 말입니다.

● 　김명인, 『푸른 강아지와 놀다』(문학과지성사, 1994).

독자여
밤이 오거든
유리창을
오래오래 보십시오
엑스선 사진처럼
검은 유리에서는
새들이 날고
새들이 울고
새들이 일렬로
이동하는 것이 보일 겁니다
살고 아파하고 이동하는 것들에 대해
우리는 관심을 두지 않을 수 없습니다 ●

그리고 살고 아파하고 이동하는 것들에 조금이라도
관심을 가진다면, 우리는 누구나 이 책의 저자 스콧 와이
덴솔이 말한 다음과 같은 순간을 마주하게 될 테지요.

느닷없이 이 새에 대해서도 정말 알고 싶다는 마음이 들
었다. 한순간의 기분 전환을 위한 짧은 소일거리, 즉 어느

● 　최하림, 『풍경 뒤의 풍경』(문학과지성사, 2001).

분주한 아침에 하늘을 뒤덮은 수많은 철새 가운데 한 마리로서가 아닌, 자기만의 특별한 삶을 사는 세상에 둘도 없는 고유한 피조물로서 말이다.●

때로 새들은, 제 관심에 화답이라도 하듯 하늘에서 뭔가를 보내 줬습니다. 따뜻하고 물컹하고 주르륵 흘러내리는 것. 바로 새똥이었죠.

처음 팔에 새똥이 떨어진 날, 저는 친구들과 학교 운동장에서 뛰어다니고 있었습니다. 요즘 초등학생들은 어떨지 모르지만, 그때는 점심 먹고 쉬는 시간이면 다들 밖으로 나와 온갖 놀이를 즐겼거든요. 그날도 거의 전교생이 나와 있던 탓에 운동장이 학생들로 가득했는데, 놀랍게도 그 많은 아이들 중 단 한 명, 제 팔에만 새똥이 떨어진 겁니다. 신나게 달리다 말고 우뚝 멈춰 서서 하늘을 올려다봤지만, 이미 새들은 사라지고 보이지 않더군요.

그 후로도 저는 세 번이나 더 새들에게 같은 선물을 받았습니다. 가장 최근에는 ─ 겨우 일주일 전의 일인데요 ─ 깊은 밤 강아지와 산책을 하는데, 어디선가 날아온 새똥이 이번에도 정확히 팔에 떨어졌습니다. 워낙 익

● 스콧 와이덴솔, 김병순 옮김, 『날개 위의 세계』(열린책들, 2023), 44쪽.

숙한 감각이라, 확인하지 않아도 새똥이라는 걸 알 수 있을 정도였죠. 혹시 그건, 밤에만 이동한다는 철새들의 무리가 멀리 별만큼이나 높은 하늘에서 떨어뜨려 준 작은 증표 같은 거였을까요? 그럴지도 모릅니다. 정말로, 그 따스하고 주르륵 흘러내리는 뭔가는, 밤하늘을 쉬지 않고 비행하던 칼새들의 선물일 수도 있는 거죠.

칼새목 칼새과에 속하는 이 귀여운 여름 철새는, 한번 날기 시작하면 밤이건 낮이건 쉬지 않고 장장 열 달까지도 하늘에 떠 있다고 합니다. 그들은 하늘을 날며 잠을 자고 먹이를 먹습니다. 다른 철새들이 그렇듯 칼새의 뇌도 둘로 나뉘어 있고, 반쪽이 잠들면 다른 반쪽이 깨어 있는 채로 여행을 계속합니다. 날씨가 좋은 날에는 상승기류를 타고 높이 날아올라 공기의 흐름에 몸을 실은 채 이동하며, 과연 칼새들은 어떤 꿈을 꿀까요?

마침 가방에 있던 물티슈를 꺼내 팔을 닦으며, 아무것도 보이지 않는 밤하늘을 향해 인사를 건넸습니다. 부디 좋은 꿈을 꾸며 날아가라고. 언젠가 안전한 목적지에 도착하면, 비로소 깃털에 부리를 파묻고 편안하고 깊은 잠을 푹 자라고.

그렇지만 사실 이 글은, 도요새와 새만금 방조제에 관한 이야기로 시작했어야 할지도 모릅니다. 해마다

800만 마리의 도요물떼새와 수억 마리의 명금류, 맹금류 철새들이 이동하는 '동아시아-대양주 철새 이동 경로'의 가장 중요한 길목에 한반도가 자리한다는, 놀라운 얘기로 말입니다.

어쩌면 이것은, 오스트레일리아 북서부에서 출발해 중국과 우리나라까지 약 5,400킬로미터를 쉬지 않고 비행하는 붉은어깨도요라는 새에 관한 이야기 혹은, 세계 곳곳에서 벌어지는 간척 사업 탓에 새들이 그 먼 거리를 날다 잠시 내려앉아 쉴 수 있는 갯벌이 점점 사라지고 있다는 이야기가 될 수도 있는데요. 새들은 하늘을 나는 동안 몸에 비축해 뒀던 지방을 다 태우고, 그걸로도 모자라 자신의 근육과 기관마저 녹여서 에너지를 얻습니다. 그렇기에 목적지에 도달했을 땐, 내장 기관이 거의 다 상해 있을 정도지요. 몇날 며칠을 하늘에서 보내며 먹지도 마시지도 못하던 도요물떼새들이 그나마 날개를 쉬며 기력을 회복하던 주요한 중간 기착지가 바로 우리나라 서해안 갯벌이었습니다. 2006년 새만금 방조제가 완공되었을 때, 도요새들은 바로 그 소중한 중간 쉼터를 잃은 셈이었고요. 이 책 『날개 위의 세계』에 따르면, 방조제가 생긴 뒤 전 세계에 서식하는 붉은어깨도요 총 개체 수의 5분의 1에 해당하는 7만 마리가 영영 자취를 감췄다고 합니다.

사라진 새들은 돌아올까요? 오래전 읽은 어느 책에서는 2억 년 후 지구에는 새들이 없을 거라고 했습니다. 새들이 모두 멸종한 하늘을 새처럼 생긴 물고기들이 뛰어오르고 있을 거라 했는데, 그건 상상만 해도 쓸쓸하고 우울한 광경입니다. 물론 그땐 이미 우리 인간도 사라지고 없을 테지만요.

새들이 사라지지 않길 바란다면, 또는, 머나먼 하늘길을 날아 이동하는 새들의 낮과 밤이 한 번이라도 궁금한 적이 있었다면, 『날개 위의 세계』는 기대했던 것보다 훨씬 큰, 그야말로 크기를 가늠하기 힘든 감동을 안겨 줄 겁니다. 새를 좋아하고 새를 사랑하는 것을 넘어, 새를 추앙하게 될 테니까요. 저자인 스콧 와이덴솔이 책의 마지막 부분에서 나지막이 말했듯 말입니다.

그렇다. 그것은 추앙이었다. (……) 앞길에 어떤 힘든 장애물이 있다고 해도, 오로지 바람과 저 멀리 지평선과 자신의 유전자, 그리고 계절의 순환에 대한 확고한 믿음으로 자신이 가야 할 길을 계속 가고 있는, 한 생명체에 대한 무한한 추앙. 내가 거기에 맞출 수도 없고 완전히 이해

할 수도 없지만, 그것을 대면했을 때 숨 막히게 하는, 지
칠 줄 모르는 인내와 집념에 대한 추앙. 이 놀랄 만큼 비
범한 새, 그리고 그와 유사한 수백만 마리의 새들에 대한
추앙.●

● 앞의 책, 536쪽.

초록, 이 우주의
유일한 기적 앞에서

▲ 올리버 몰턴, 『태양을 먹다』

식물에 저장된 태양 에너지는 매 순간 우리를 살아 있게
한다. 심장은 박동하고 머리로는 생각한다. 우리 육체는
우주 먼지다. 우리 삶은 태양 빛이다.●

약 45억 6700만 년 전 어느 순간, 우주 가장자리에
가까운 은하 한구석에서 거대한 먼지구름이 스스로 붕
괴했습니다. 그 중심에 뜨거운 태양이 솟아나 타올랐고,
갓 태어난 별 주위를 빙빙 돌던 먼지들은 작고 둥근 공
모양으로 서로 뭉치더니, 원시 행성이 되었습니다. 태양

● 올리버 몰턴, 김홍표 옮김, 『태양을 먹다』(동아시아, 2023), 122쪽.

에서 세 번째로 가까운 원시 행성이 바로 지구였죠. 지구는 아직 작았고 곁엔 달도 없었습니다. 태양 주위의 공전 궤도를 돌던 다른 소행성들이 끊임없이 지구에 와 부딪혔고, 지구는 조금씩 커졌습니다. 그렇게 약 1억 년이 흐른 뒤에야 드디어 지금과 같은 크기의 행성이 된 지구는, 그러나 생명의 온기라곤 하나도 없는 불모지에 불과했습니다. 대기 중엔 산소가 거의 없었고, 이산화탄소, 메탄, 질소, 수증기로 가득했지요. 다행인 것은, 이런 대기 상태가 일종의 온실효과로 작용했다는 점입니다. 따뜻하고 습한 원시 지구에서 유기물이 이리저리 모이고 반응한 끝에 최초의 생명체가 탄생하기까지는 무려 10억 년의 시간이 필요했습니다. 태양계가 만들어지고 자리 잡는 데 걸린 시간 전체를 다 합친 것보다도 긴 시간이었지요.

최초로 태어난 생명체들 중, 후일 남세균(cyano-bacteria)이라는 이름을 얻게 될 독특한 단세포 생물군이 있었습니다. 그들은 태양을 먹는 법을 아는 생명체였습니다. 이산화탄소와 메탄으로 가득한 대기에 최적화되어 있던 혐기성 박테리아들 틈에서, 푸르거나 녹색, 혹은 남색을 띤 남세균들은 힘겹게 경쟁하며 살아남았는데요. 너석들은 보통 다음과 같은 방식으로 태양을 먹었습니다. 먼저 태양에서 광자 한 무더기가 지구로 날아옵니다. 아마도 딴 데 들르지 않았다면 8분 안에 원시 지구의 바다 표면에 도달했겠지요. 광자는 바닷속에서 기다리고 있던 남세균의 엽록소에 가 부딪혔고, 엽록소는 거기서 에너지를 흡수하며 전자 하나를 튕겨 냅니다. 전자는 남세균의 몸속에 있는 전자전달 사슬을 따라 내려가며 계속 에너지를 방출하고, 마침내 사슬의 끝에서 ATP와 NADPH를 생산합니다. 남세균은, 그렇게 만든 NADPH를 이용해 이산화탄소에서 탄소를 빼내 고정했는데, 이때 ATP는 그 회로를 돌리는 데 필요한 에너지원으로 사용했지요. 잘 알다시피, 이런 식으로 고정된 탄소는 나중에 포도당과 녹말이 되어 지구 전체의 생명을 먹여 살리게 됩니다.

　　광합성을 하며 태양을 먹던 남세균 중 일부가, 진화의 어느 순간, 박테리아와 공생하는 길을 택한 것은 기적에 가까운 놀라운 사실입니다. 물론 그들이 처음부터 박테리아의 몸 안에서 살고자 했던 건 아닐지도 모릅니다. 물속에서 이리저리 떠다니다가 얼떨결에 다른 박테리아에게 잡아먹히고 말았던 걸 수도 있으니까요. 어쨌든, 그렇게 잡아먹힌 남세균 중 일부는 소화되지 않고 포식자의 몸 안에 남았습니다. 그러고는 지금까지 하던 대로, 그 안에서 열심히 광합성을 계속 했고요. 아마도 그때 포식자는 깨닫지 않았을까요? 몸 안에서 남세균이 태양 빛을 이용해 탄소를 공급해 준다면, 굳이 영양분을 얻기 위해 여기저기 돌아다니며 노력하지 않아도 된다는 사실을요. 이렇게 하여 남세균과 박테리아 사이에 공생 관계가 만들어졌고, 박테리아 내부로 들어간 남세균은 엽록체가 되었습니다. 현재 지구상에 있는 모든 식물은, 바로 이 공통 조상에서 다양하게 진화한 결과물이라 할 수 있습니다.

올리버 몰턴의 『태양을 먹다』는, 광합성의 역사를 기록한 책입니다. 아주 오래전 어떻게 광합성이 시작됐으며, 과학자들은 어떻게 그 세세한 분자생물학적 과정을 밝혀냈는가, 그리고 남세균에서 출발한 작은 움직임이 어떤 기나긴 길을 거쳐 깊은 숲과 드넓은 초원을 이루어 갔는가를 보여 주는 책이라고 하면 되겠군요.

이 책의 존재를 처음 알게 된 것은, 10여 년 전 리처드 도킨스가 쓴 『지상 최대의 쇼』를 읽으면서였습니다. 거기서 도킨스는 식물이 동물과 달리 이동하지 않는 진화적 선택을 한 이유에 대해 말하며 이런 설명을 덧붙이거든요. 올리버 모턴의 도발적이고도 서정적인 책『태양을 먹다』(Eating The Sun)에서 이와 관련된 내용을 읽을 수 있다고요. 곧바로 인터넷 서점을 뒤졌지만, 슬프게도 올리버 몰턴의 'Eating The Sun'은 아직 국내에 번역되지 않은 책이었습니다. 아쉬운 대로 원서를 주문하여 틈틈이 읽었지만, 반쯤은 바빠서, 그리고 나머지 반은 게으름 탓에, 결국 포기하고 말았지요. 그렇지만 '태양을 먹다'라는 매혹적인 제목은 항상 제 마음을 사로잡았고, 그래서 책장 앞을 지날 때면 자주 멈춰 서서 '*Eating The Sun*'이라고 적힌 푸른색 책등을 물끄러미 바라보곤 했습니다.

15년 만에 국내에 정식 출간된 번역본을 떨리는 심정으로 읽으며, 저는 형광펜을 손에 들고 여기저기 밑줄을 그었습니다. 그러면서, 왜 리처드 도킨스가 이 책을 "도발적이고도 서정적"이라고 했는지 알 것 같아 연신 고개를 끄덕였지요. 예를 들면, 다음과 같은 문장들을 통해서 말입니다.

> 나무의 형태는 우리에게 진실을 말한다. 나무는 공기 중에서 자란다. 공기를 뚫고 자라기 때문이다. 나무의 몸통은 그 아래 있는 흙으로 만들어지지 않았다. 흙과 나무는 위에 있는 하늘에서 끌어당긴 탄소로 만든 것이다. 나무는 태양과 바람과 비의 합작품이다. 땅은 그저 나무가 서 있는 장소다.●

● 앞의 책, 263쪽.

이런 글은 우리의 선입관을 단번에 뒤집어 줍니다. 우리는 나무가 흙에 박힌 뿌리로부터 자라나고 생겨났을 거라고 지레짐작하지요. 왠지 흙이야말로 생명의 정수, 생명의 시초이자 죽으면 다시 돌아갈 곳처럼 여겨지니까요. 하지만 나무와 풀의 조상인 최초의 육상 식물은, 오직 공기와 햇빛만을 필요로 했습니다. 이끼와 닮았지만 가느다란 줄기를 가졌던 그 여린 식물은, 약 4억 2500만 년 전 처음으로 물가에 나왔습니다. 그는 찰랑대는 물에 흔들리며 축축한 땅의 가장자리에 서 있었죠. 공기 중에서 이산화탄소를 흡수하고 태양 빛을 받아 광합성을 했기에, 그 식물은 오직 하늘로 더 높이 가 닿기만을 원했습니다. 높이 자랄수록 바람에 포자를 날려 보내 자손을 퍼뜨리기 쉬웠고 광합성에 필요한 빛도 더 많이 얻을 수 있었으니까요. 최대한 높아지기 위해 최초의 육상 식물은 줄기를 점점 더 길게 만들었는데, 그 길어진 줄기를 지탱하기 위해 나무처럼 단단한 목질부가 생겨났습니다. 그리고 커다란 몸체가 쓰러지지 않도록 뿌리를 땅속 깊숙이 내려 단단히 자신을 고정하게 되었죠.

　나무가 지상을 뒤덮기 시작하면서, 황량하던 지표면은 쉴 만한 그늘과 먹을 것이 풍부한 낙원으로 바뀌어 갔습니다. 조심스럽게 육지로 올라온 동물들은, 안심하며 천천히 물가를 떠나, 미지의 땅을 향해 앞으로 나아갔고요.

『태양을 먹다』는 우리에게 놀랍고도 새로운 감각을 선사해 줍니다. 세계는 이 책을 읽기 전과 완전히 달라져서, 사방에 그늘을 드리운 나무들, 거기서 피어난 연두, 청록, 초록의 잎사귀들, 발밑에서 흔들리는 온갖 풀들과 축축한 곳에서 자라는 이끼 군락에 이르기까지, 그 어떤 것도 예사롭지 않게 여겨지니까요. 하늘을 향해 자라거나 땅 위를 기는 갖가지 식물들, 바위, 흙, 돌멩이, 벌레들, 새들, 조그맣거나 큰 짐승들. 책을 읽고 나면, 그들 안에 담긴 우리은하, 태양계, 지구의 까마득한 역사가 바람을 타고 공기 내음에 실려 곧장 폐부로 스며드는 것을 느낄 수 있습니다. 발은 현재의 땅을 밟고 서 있지만, 혈관을 타고 흐르는 것은 우주의 역사 전체를 아우르는 기나긴 시간이지요.

게다가 저 파란 하늘. (미세먼지와 황사 때문에 자주 누렇게 변하지만) 어려서부터 그림을 그릴 때면 당연하다는 듯 파랗게 칠했던 저 하늘빛도, 사실은 엽록체가 준 선물이나 마찬가지거든요. 35억 년 전까지만 해도 지구 대기는 메탄과 이산화탄소, 수증기로 가득했고 하늘은 외계 행성처럼 뿌옇고 흐릿했습니다. 남세균이 열심히 광합성을 하여 이산화탄소를 산소로 바꾸고, 거기에 더해 고세균 일부와 태양으로부터 오는 방사선, 지각판의 움직임이 그들을 도운 끝에, 24억 년 전 어느 날, 마침내 메탄과 수증기가 걷히며 파랗고 맑고 깨끗한 하늘이 모습을 드러냈습니다. 대기 중에 풍부해진 활성산소가 유기 분자를 공격해 "표백제가 화장실의 얼룩을 일시에 제거하듯" 연기를 날려 보낸 덕분입니다.

　　SETI(Search for Extra-Terrestrial Intelligence)는, 외계의 지적생명체를 찾기 위한 여러 활동을 통칭하는 말입니다. 우리은하 내에 다른 지적생명체가 있으리라 믿는 과학자들은 전파 망원경으로 우주에서 오는 신호를 모으고 그걸 분석하지요. 그러나 올리버 몰턴은 『태양을 먹다』에서 외계에 지적생명체가 존재할 가능성이 매우 희박함을 보여 줍니다. 어딘가에 단세포 생물이 아닌 지적 존재가 살려면, 먼저 광합성을 할 엽록체가 필요하고 (그래야만 탄소를 고정하여 동물이 이용할 수 있기 때문입니다.), 대기는 산소로 가득해야 하며, (전자를 끌어당기는 힘이 강한 산소만이, 세포 내부의 전자전달계에서 많은 에너지를 만들어 낼 수 있습니다. 생명체는 크기가 커지고 복잡해질수록 엄청나게 많은 에너지를 필요로 하는데, 그걸 충족할 수 있는 에너지 생산 방법은 산소를 이용하는 것뿐이거든요.) 무엇보다도 지구 위 모든 생물의 공통 조상이 아주 오래전 미토콘드리아, 엽록체와 공생의 길을 택했듯 '위대한 역사적 랑데부'●가 이루어져야 합니다. 그리고 많은 진화생물학자들은, 이런 일련의 사건들이 자연적으로 일어날 확률이 0에 가깝다고 말합니다. 따라서 우리는, 우리만이 아니라 지구의 생명체 모두는, 그렇게나 낮은 확률을 딛고 태어나 살아남고 번성한 끝에 현재에 이른 존재들인 겁니다.

어쩌면 언젠가 우주 어딘가에서 외계인을 찾아낼수 있을지도 모릅니다. 혹은 어느 날 갑자기 지구 상공에 거대한 우주선이 뜨더니, 거기서 지적생명체들이 우르르 쏟아져 내릴지도 모르고 말입니다. 하지만 어쨌든 아직까지 우주에는 우리뿐입니다. 전파망원경에는 별다른 신호가 잡히지 않고, 보이저 1호와 2호는 태양계를

● '위대한 역사적 랑데부'는, 리처드 도킨스가 진핵세포의 탄생을 일컬어 표현한 말입니다. 지구의 생물은, 박테리아 같은 원핵생물(세포 내 소기관이 없습니다.)과 현재 거의 모든 생명체가 속하는 진핵생물(세포 내에 미토콘드리아나 엽록체 같은 소기관을 가지며 핵이 있습니다.)로 나뉘는데요. 지구에 나타난 생명체가 그저 박테리아로 머물지 않고 지금처럼 다양한 다세포 생물로 진화할 수 있던 것은, 바로 다세포 생물 최초의 조상이 될 어떤 세포가 미토콘드리아나 엽록체가 될 다른 세포와 만나 연합하며 공생했기에 가능한 일이었다는 거지요.

벗어날 때까지 어떤 다른 외계 생명체도 발견하지 못했습니다. 보이저호의 황금 레코드에 담긴 인류의 인사, 고래의 울음소리, 각국의 노래와 연주곡들, 그림들, 사진들은 공허하고 쓸쓸한 메아리가 되어 텅 빈 우주를 떠돌고 있을 테고요.

빅뱅 우주론에 의하면 우주는 점점 커지며 팽창하고 있고 별과 별 사이는 멀어지며 온도는 계속 떨어져 절대온도 켈빈으로 차갑게 식어 버릴 거라고 합니다. 생명의 온기라곤 없는 이 거대한 우주를 누군가 방문한다면 — 우리의 우주 같은 우주들이 무한한 공간에 무한한 수만큼 존재한다는 다중우주론이 옳다면, 먼 미래에 저 바깥의 다른 우주에서 지적생명체가 찾아올지도 모르지요 — 아마도 처음에는 무척 실망할 것입니다. 135억 광년이 넘는 드넓은 우주를 아무리 훑어도 생명이라곤 보이지 않을 테니까요. 그러다가 그중 한 존재가 함선 밖 멀리 보이는 무언가를 가리키며 이렇게 외치는 거지요. "저길 봐, 저길!" 그것은 우주 구석, 그 구석에 있는 자그마한 은하, 그 은하의 나선형 팔 가장 바깥쪽에 자리 잡은 별로 크지도 않은 항성 하나, 그 항성 주위를 돌고 있는 정말로 작디작은 초록색 행성입니다. 그제야 다른 우주에서 온 방문객들은 미소짓지 않을까요? "여기 생명이 있네! 다행이야."라고 중얼대면서 말입니다.

그게 다 엽록체와 식물이 태양을 먹기 시작하면서 비롯된 일이라고 생각하면, 도서관 앞 계단참에 돋아난 조그만 새싹마저 경이롭게 보일 겁니다. 마치 황지우 시인이 그의 시 「발작」에서 이렇게 읊었던 것처럼요.

짐 들고 이 별에 내린 자여
그대를 환영하며
이곳에서 쓴맛 단맛 다 보고
다시 떠날 때
오직 이 별에서만 초록빛과 사랑이 있음을
알고 간다면
이번 생에 감사할 일 아닌가
초록빛과 사랑; 이거
우주 奇蹟 아녀 ●

● 황지우, 『어느 날 나는 흐린 酒店에 앉아 있을 거다』(문학과지성사, 1998).

그게 다 엽록체와 식물이
태양을 먹기 시작하면서
비롯된 일이라고 생각하면,

도서관 앞 계단참에 돋아난
조그만 새싹마저
경이롭게 보일 겁니다.

미스터리, 세계를 향한
또 하나의 통로

— 소설가 김희선과의 미스터리한 대담

김희선 작가님 안녕하세요. 『너는 미스터리가 읽고 싶다』는 작가님의 첫 서평집이에요. 《릿터》에 2년 반 동안 서평 연재 후 마침내 출간을 하게 되었는데요, 소감이 어떠신지요?

가슴이 두근거리네요. 소설 쓰는 것도 재미있지만, 이번에 서평집 쓸 때 정말 즐거웠거든요. 누군가와 책에 관해 이야기하는 건, 역시 세상에서 가장 멋진 일 같습니다. 연재할 때도 신났는데, 읽는 분들도 같은 느낌을 가졌으면 좋겠어요.

서문에서도 간략히 써 주셨듯이, 책 제목에 들어가는 '미스터리'는 소설 장르로서의 미스터리보다 더 넓은 개념으로 쓰인 듯해요. 좀 더 설명해 주신다면요?

네, 제목의 '미스터리'는, '경이로움, 신기함, 놀라움……이런 걸 안겨 주는 모든 책'이라는 개념으로 넣어 보았어요. 사실 'mystery'라는 단어 자체가 정말 다양한 의미를 아우르잖아요. 제가 방금 찾아보니 mystery에는 아래와 같은 여러 뜻이 있다고 합니다.

> 신비, 불가사의, 수수께끼
> 신비에 싸인 사람(것, 일)
> 호기심을 돋우는 사람(것, 일)
> 애매함, 불가사의함, 불명확성
> 추리소설(극, 영화)
> (종교 상의) 진리
> (고대종교·비밀결사의) 비법, 비전

여기 소개한 책들은, 위에서 말한 것들을 골고루 담고 있습니다. 세계와 우주, 생명과 존재를 마주할 때 느끼는 놀라움, 불가사의함, 신비로움에 관한 책들이 있고,

또 흥미진진하게 손에 땀을 쥐며 읽을 수 있는 미스터리 장르로서의 소설들이 있으니까요.

존재와 세계의 기원을 탐구하는 미스터리 소설과 과학 서적. 어찌 보면 전혀 다른 듯한 성격의 두 도서를 함께 읽는 재미나 의미가 있다면 무엇일까요?

제 생각에, 미스터리 장르로서의 소설과 존재 및 세계의 기원에 관한 과학 서적, 이 둘 사이엔 놀라운 공통점이 있어요. 둘 다 '탐구하는 여정'에 대한 책이니까요. (사실 이건 책 중간에도 언급했다시피, 움베르토 에코가 했던 말에서 떠오른 아이디어이긴 한데요.) 장르로서의 미스터리를 읽을 때, 우리가 처음 마주하는 것은 혼돈과 공포로 뒤엉킨 세상과 사건, 사람들입니다. 대부분의 미스터리 소설은, 누군가가 죽거나 사라지는 사건으로 시작하지요. 현장에는 피와 죽음의 흔적이 난무하고, 주위에 있는 사람들은 모두 어두운 비밀을 숨긴 듯 음험해 보입니다. 하지만 소설을 읽으며 우리는 단서를 찾기 위해 탐구하게 되죠. 그러는 과정에서 엉켜 있던 실타래가 하나씩 풀리며 사건의 윤곽이 드러나고, 마지막에 가서는 문제가 해결되며 범인이 밝혀지는 거지요. (물론, 숨겨진 뭔가가 더 있음을 암시하며 '열린 결말'로 스산하게 마무리되거나, 혹은——제가 책 중간에도 썼듯이——밝혀진 모든 일들이 결국에는 누군가의 망상에 불과할 수도 있지만) 미스터리 장르를 읽거나 보면서, 우리는 비밀과 혼돈으로 가득한 세상이 점차 질서 속에서 감춰진 모습을 드러내는 광경을 목격합니다.

세계와 존재의 기원을 밝히는 과학 서적 역시 마찬가지인데요. 아마도 오래전의 인류에게 우주와 존재는 그저 놀랍고도 경이로운 신비와 수수께끼의 대상 아니었을까요? 번개는 왜 치는지, 혜성은 왜 떨어지는지, 사람은 왜 죽어야만 하는지, 죽은 이들은 과연 어디로 가는지. 그들에게 세상은 혼돈 그 자체였을 것 같아요.

문득 얼마 전 읽은 재미난 이야기가 하나 떠오르는데요. 프랑스 중부 유적지에서 발견된 돌과 뼛조각에 관한 얘기였어요. 도르도뉴 지방의 어느 동굴에서 고고학자들은 눈금이나 점 같은 게 새겨진 뼛조각과 돌을 찾아냈는데, 처음엔 그게 뭔지 몰랐고 아무도 흥미를 가지지 않아서, 그냥 박물관 창고 같은 데 방치되어 있었다고 해요. 그러다가 아마추어 고고학자 알렉산더 마샥이라는 사람이 그 박물관의 팸플릿에서 (사진은 빛이 바래서 뿌옇게 변해 있었다고 하네요.) 점과 눈금이 새겨진 돌을 보고 관심을 갖게 된 거죠. 신기한 건, 그가 당시 나사(NASA)

의 기자로 일하면서, 아폴로 달 착륙에 관한 글을 쓰고 있었고, 덕분에 천문학에 깊이 빠져 있었다는 건데요. 마샥은 그 돌과 뼛조각에 아로새겨진 무늬가 달의 차고 기우는 모습을 기록한 거라는 사실을 알아냈습니다. 일렬로 새겨진 크기가 다른 각각의 점들은 매일 하늘에 뜨는 달의 모양을 형상화한 것이었죠! 구석기인들은 처음에는 시간의 순환 주기 즉, 하루, 일주일, 한 달, 일 년의 반복에 대하여 알지 못했는데, 어느 날 누군가가 (아마도 그는 호기심이 많고 관찰력이 풍부하며 탐구정신이 왕성한 사람이었을 테지요.) 하늘에 뜨는 달의 모양이 '어떤 주기를 두고 일정하게 반복되는 것 같다.'라는 생각을 하였을 겁니다. 그는 자신이 알아낸 사실을 확인하고 입증하기 위해 두 달간 매일 달의 크기와 모양을 관찰하여 뼛조각에 새겼고, 그렇게 기록한 달의 형태를 다음 두 달간 다시 확인하며 비교했을 거예요. 그러니까 그 뼛조각과 돌은, 수만 년 전 동굴에 살던 인간의 마음 속에 시간이 생겨나기 시작한 순간을 보여 주는, 유적이었던 거죠.●

아, 얘기가 약간 옆으로 샜는데, 과학은 그런 것 같아요. 바로 오래전 그 구석기인들에게 일어났던 것과 똑

●　애덤 프랭크, 고은주 옮김, 『시간 연대기』(에이도스, 2015), 33쪽.

같은 경험을 우리에게 선사한다고 할까요. 무질서와 혼돈으로 가득해 보이던 세상이 사실은 우주적 질서 속에서 운행되고 있음을 하나하나 알아 가는 과정?

당연히, 과학이 언제나 정확한 답을 주는 건 아니에요. 아직도 우주와 존재에 대하여 우리는 모르는 게 더 많지요. 하지만 그런 비밀은 오히려 우리에게 무한한 호기심을 불러일으키고, 그렇기에 결국 과학 서적을 읽는다는 것은 끝없는 탐구의 여정을 걷는 일과 같아지는 거죠.

작가님이 기억하는 나의 첫 미스터리 책은 무엇인가요?

이 얘길 하려니까, 벌써부터 그때의 (정말 오래전인데도요.) 느낌이 다시 떠올라 심장이 뛰네요.

저에게는 최초의 독서 자체가 '경이로움' '미스터리함'을 불러일으키는 경험이었어요. 새빨간 근육과 하얀 뼈가 있는 인간의 모습, 땅속 어딘가에 있다는 부글부글 끓어오르는 용암, 깊은 바다 밑 기괴한 물고기들. 이런 그림이 가득한 백과사전은 저에게 세계와 우주에 대한 놀라운 감각을 선사했지요.

어떤 여행가가 쓴 여섯 권짜리 전집을 읽을 때도 같은 느낌이었어요. 이게 저의 첫 번째 '미스터리'였다면,

장르로서의 미스터리를 읽은 경험은 조금 더 뒤의 일이 랍니다.

에드거 앨런 포의 『어셔가의 몰락』, 존 W. 캠벨이 쓴 『거기 누구냐?』, 이 두 권을 저는 공교롭게도 거의 비슷한 시기에 읽었는데요. 아마도 초등학교 5학년 때쯤으로 기억하는데, 당시에는 교실마다 조그만 책장을 두고, (정말, 아주 작은 책장이었어요. 높이는 1미터쯤에 4단으로 책을 꽂게 되어 있었죠.) 일종의 학급문고 같은 걸 운영했답니다. 책은 주로 각자 집에서 안 읽는 걸 한 권씩 갖다 두게 하였는데, 그중에 바로 에드거 앨런 포 소설집과 존 W. 캠벨의 SF호러소설이 있었던 거죠.

『어셔가의 몰락』을 읽고 나서 느꼈던 놀라움을, 저는 아직도 생생하게 기억해요. 지하에서 들려오던 관이 삐걱대는 소리, 어셔가의 대저택이 반으로 쪼개지며 늪으로 가라앉을 때 그 너머로 거대한 붉은 달이 떠오르던 광경. 그 슬프면서도 스산한 공포감은 제게 깊은 인상을 남겼고, 저는 가장 멋진 마지막 장면을 가진 소설로 언제나 『어셔가의 몰락』을 꼽곤 한답니다.

존 W. 캠벨의 『거기 누구냐?』를 읽고 느낀 압도적 공포 또한 여전히 선명하게 기억하고 있어요. 이 소설은 여러 번 영화화되기도 했는데, 저는 존 카펜터가 1982년에 만든 「괴물」이 가장 마음에 들더라고요. 여하간, 그 무시무시한 SF소설에서는, 극지방 기지에 나타난 외계생명체가 인간의 몸을 숙주로 삼아 퍼져 나가요. 기지에 있던 대원들은 목숨을 걸고 외계생명체에 맞서고, 마침내 그것들을 모두 없애 버리는 데 성공한답니다. 하지만 살아남은 이들이 안도의 한숨을 내쉬며 하늘을 올려다보는 순간, 거대한 신천옹 한 마리가 유유히 날아올라 멀리 사라지는 장면이 나오죠. 소설은 외계생명체가 신천옹의 몸으로 옮겨 갔음을 어렴풋이 보여 주고, 마침내 지구 전체로 퍼져 인류를 몰살시킬 수도 있음을 암시하며 끝납니다.

책을 덮고 창밖의 달을 올려다보던 그 밤이 떠오르는데요. 집 앞에 있던 커다란 전나무가 외계생명체처럼 보여 깜짝 놀라던 것도 생각나네요. (웃음) 책을 읽으며, 낯익고 친숙한 누군가의 내부에 전혀 다른 생명체나 인격이 들어 있을 수도 있다는 무서운 상상에 사로잡혔고, 저는 그런 이미지에 압도됐던 것 같아요. 제가 나중에 장편소설 『무언가 위험한 것이 온다』를 쓸 때도, 머릿속엔 존 W. 캠벨의 『거기 누구냐?』가 있었으니까요.

가장 많이 재독한 미스터리 책이 있다면 무엇인가요?

미스터리를 넓게 정의한다면, 그래서 그 안에 세계와 존재의 기원을 탐구하는 과학서적과 추리소설, 호러, 스릴러, SF를 모두 포함시킨다면, 가장 많이 재독한 책도 꽤 여러 권 말씀드려야 할 것 같아요. 그래도 단 한 권만을 고른다면…… 일단 과학 서적으로는, 숀 캐럴이라는 물리학자가 쓴 『현대물리학, 시간과 우주의 비밀에 답하다』라는 책이 있어요. 원제는 'From Eternity To Here'인데, '시간이란 과연 무엇인가?'에 대한 답이 든 책이라고 보면 될 것 같습니다. 왜 시간이 흐른다고 느끼는지, 시간은 정말로 흐르는 것인지, 시간이라는 게 존재하기나 하는 건지…… 이런 의문들에 대하여 설명하는데, 그게 또 무척 시적이거든요. 이 책에서 가장 좋아하는 문장을 하나 소개하자면 다음과 같습니다.

> 시간의 화살은, 우리가 과거는 기억하지만 미래는 기억할 수 없는 이유이기도 하다.●

여러 번 다시 읽은 미스터리 소설은 너무나 많지만,

● 숀 캐럴, 김영태 옮김, 『현대물리학, 시간과 우주의 비밀에 답하다』(다른세상, 2012), 18쪽.

딱 한 권을 고른다면 역시 오르한 파묵의『검은 책』입니다. 물론, 누군가는 이 책을 미스터리라고 부르지 않겠지만, 제가 보기엔 이보다 더 아름답고 신비로운 미스터리는 찾기 힘들거든요. 실제로 소설이 추리물로서의 미스터리 장르에 대해 여러 번 말하고 있기도 하고요. 어쨌든,『검은 책』에서는 갈립이라는 남자가 사라진 아내 뤼야를 찾아 이스탄불 구석구석을 돌아다녀요. 그는 수많은 사람들을 만나고 그보다 더 많은 단서를 마주치며, 뤼야의 흔적을 쫓죠. 이 소설에서 이스탄불은 말 그대로 하나의 거대한 미로이고, 책의 구조와 흐름을 따르다 보면 정말로 미궁을 헤매는 듯한 (이때의 미궁은 시간과 공간, 양쪽으로 뻗어나가는 다차원적 장소인데요.) 느낌에 사로잡히게 됩니다. 어쩌면 과장일지도 모르지만, 이스탄불을 실제로 여행한 것보다 더 강렬하고 생생하게 경험할 수 있다고 할까요.

영화나 드라마도 비슷한 장르를 즐기신다고 알고 있어요. 가장 좋아하는 해당 분야 영상 작품을 세 작품 정도 추천해 주신다면요?

아, 정말이지 열 편, 스무 편이라도 추천하고 싶지만, 일단 고르고 골라서 세 작품만 소개해 보겠습니다.

먼저, 폴 앤더슨 감독이 1997년에 만든 「이벤트 호라이즌」을 꼭 권하고 싶어요. 이 무시무시한 SF호러 영화에서는, 워프를 통해 차원을 넘나드는 우주선 '이벤트 호라이즌' 호가 나와요. 워프란, 시공간을 왜곡해서 먼 거리를 단숨에 이동하는 기술인데요. 차원의 문을 넘어 실종됐다가 다시 나타난 이벤트 호라이즌 호에서 사람들은 기괴한 환영과 환각에 사로잡힙니다. 더 얘기하면 스포일러가 될 듯하여 이쯤에서 그만두겠지만, 이 영화는 우리가 검고 텅 빈 우주를 상상할 때 느끼는 거대한 공포와 신비를 놀라우리만치 섬뜩하게 표현하고 있어요.

두 번째로 권하고 싶은 건, 알렉스 프로야스 감독의 1998년 영화 「다크 시티」예요. 이 영화에서 도시는 매일 밤 12시마다 완전히 새로운 모습으로 바뀌고, 사람들은 잠든 사이에 완벽하게 다른 기억을 갖고 깨어나는데요. 그건, '튜닝'이라는 현실 조작 능력을 가진 외계인들이 인간을 대상으로 어떤 실험을 하고 있어서 일어나는 일입니다. 그런데 모두가 잠든 사이에 깨어 있던 단 한 사람(그가 바로 주인공 존 머독입니다.)만이, 뭔가 이상하다는 사실을 감지하는 거죠. 그는 자신의 기억, 과거, 현재 모든 것에 의문을 품고, 진실을 알아내기 위해 고군분투합니다. 영화의 묘미는 장엄한 결말에 있어요. 기억은 무엇일까? 인간 존재란 과연 무엇일까? 이런 의문이 꼬리에 꼬리를 물고 계속 떠오르니까요.

세 번째는 리처드 켈리 감독의 2001년 영화 「도니 다코」인데요. 이것도 정말 걸작이거든요. 내성적인 소년 도니 다코는, 어느 날 잠을 자다가 거대한 괴물 토끼를 만납니다. 괴물 토끼는 모월 모일 모시에 지구가 멸망할 거라고 말하고, 다음 날 잠에서 깨어난 도니는 자기 팔에 그 날짜와 시간이 새겨져 있는 걸 보게 되죠. 시간이 흘러 멸망의 날에 가까워질수록 도니 다코에게는 혼란스러운 일들이 점점 더 많이 일어나고, 토끼 괴물은 아무 데서나 출몰하여 이상한 말을 늘어놓습니다. 그러면서 도니 다코는, 그 날짜와 시간에 얽힌 진짜 비밀을 깨닫게 되는데…… 결국 그는 어떤 선택을 하게 될까요?

그러고 보니, 추천한 영화 세 편이 모두 '시간'을 화두로 이야기가 전개된다는 공통점이 있네요. 역시 제 최대 관심사는 결국 '시간'인 걸까요?

끝으로, 최근 작품인 넷플릭스의 8부작 다큐 「지구 위의 생명」을 강력히 추천합니다. 이 책에도 언급했지만, 웬만한 영화나 드라마보다 훨씬 재미있고 손에 땀을 쥐게 흥미진진한데다 엄청난 감동까지 안겨 주는, 그야말로 최고로 멋진 시리즈거든요. 분명, 1부에서 마지막 8부까지, 한 번도 쉬지 않고 정주행할 수 있을 거예요.

약사로 일하시며 소설을 쓰고 계시죠. 읽고 쓰는 시간의 루틴이 있다면 어떻게 되시나요?

루틴이라고 한다면…… 원래 저는 규칙적인 생활 같은 건 하지 않는 편이라, 읽고 쓰는 것에도 별다른 루틴은 없답니다. 그저 일하고 와서 강아지와 산책하고, 저녁 식사하며 쉬고, 그런 다음 밤에 몰아서 글을 쓰는 거죠. 다만 마감 날짜가 가까워지면 글 쓰는 시간을 더 많이 늘리고, 마감에 쫓기지 않을 땐 강아지와 놀거나 다른 책을 읽고 영화를 보고 음악을 듣는 데 더 많은 시간을 할애한다고 할까요.

급할 땐 스터디카페에 가서 밤을 꼬박 새우고 새벽에 집에 올 때도 있지만, 대부분은 하루 두 시간 정도 글을 쓰는 것 같아요. 그렇다고 하루에 몇 장씩 정해진 분량을 채우는, 그런 타입은 절대 아니고요. 잘 풀릴 땐 하루에 수십 장 넘게 써 버리고, 그렇지 않을 땐 억지로 쥐어짜거나 하지 않고 일부러 다른 책을 읽으며 머리를 식힌답니다. 그럴 때 읽는 게 주로 소설 내용과는 동떨어진 과학 서적들인데요, 이상하게 우주에 관한 책을 읽으면 머릿속이 펑 뚫리는 것처럼 시원해지더라고요.

『태양을 먹다』에 대해서는 번역본을 기다린 지 15년 만에 출간이 되어 무척 기쁘게 읽으셨다고 썼을 만큼, 관심 있는 주제가 뚜렷하신 것 같아요. 책을 고르는 기준이 있다면 무엇인가요?

언젠가 블로그에 이런 글을 쓴 적이 있어요. 내 책장의 책들은 무의식의 흐름에 따라 정리되어 있다고요.
　　책을 고르는 것도 같은 기준인데요. 그냥 마음이 흘러가는 대로 쓸어 담는다고 보면 되겠네요.(웃음) 예전에 오프라인 서점에 가서 책을 살 땐 마치 책과 책 사이에 자기장 같은 게 형성되어 있는 듯, 저절로――그야말로 뭔가에 끌리듯이――서가를 이리저리 흘러 다니며 눈에 띄는 책을 골랐어요. 어떤 책은 제목이 흥미진진해서 고르고 어떤 책은 표지와 종이의 느낌이 마음에 들어 고르기도 했지요.
　　인터넷 서점에서 책을 고르는 건, 그야말로 무한한 순환으로 빠져드는 길인데요. 어떤 책을 고르면, 예를 들어서 숀 캐럴의 『다세계』를 사기 위해 들어가서, (물리학에 관한 책은, 언제나 신간이 뭐가 나왔는지 살피고, 관심 있는 주제나 좋아하는 작가의 책이라면 일단 주문부터 하고 보죠. 제가 무조건 사는 작가들로는 숀 캐럴, 브라이언 그린, 레너드 서스킨드 같은 물리학자들이 있답니다.) 그 책에 관한 소개 글을 읽다가 뭔가 흥미로운 작가나 책 이름을 새로 발견 하고는, 이번엔 또 그걸 찾아보는 거죠. 이런 식으로 계 속해서 흘러가고 또 흘러가며 읽고 싶은 책을 장바구니 에 담다 보면, 어느새 몇 시간이 훌쩍 지나 있곤 해요.

아, 그리고 어떤 책을 읽다가 거기서 언급하거나 소 개하는 책이 있다면, 웬만해선 제가 직접 찾아보거든요. 그렇게 해서 알게 된 책 중 하나가 바로 올리버 몰턴의 『태양을 먹다』였지요.

작가님께서 쓰시는 소설 또한 '미스터리'라는 단어를 빼 고는 설명하기 어려운데요. 읽은 것이 쓰는 것과는 어떤 영향을 주고받는지도 궁금합니다.

읽은 것과 쓰는 것은, 말 그대로 떼려야 뗄 수 없는 관계 에 있지요. 적어도, 제 생각에는 그래요. 마치 우리가 먹 은 음식이 우리 몸을 이루듯, 우리가 읽은 책들은 우리 마음과 두뇌를 구성하고, 결국 쓰는 것에도 큰 영향을 주는 거죠.

예를 들어서, 저는 연애소설을 한번 써 보고 싶지만, 아무리 해도 쓸 수가 없거든요. 제가 그 분야의 소설이나 영화, 드라마를 거의 보지 않으니, 암만 상상을 하려고 해도 머릿속에 떠오르는 게 아무것도 없어요.

같은 이유로, 매일 보고 읽는 게 '미스터리'라면, (여기서 말하는 '미스터리'는 넓은 의미를 가지죠.) 무엇을 쓰더라도 그 파장의 범위에서 벗어나기 힘들 것 같아요. 그 분위기와 느낌은 어떤 식으로든 제 글에 드러날 텐데, 사실, 두뇌를 이루고 있는 내용물이 완전히 '미스터리'한 것들투성이라면, 당연한 결과 아닐까요?

마지막으로 독자분들에게 이 서평집이 어떤 역할을 하면 좋겠다고 생각하시나요?

저는 이 책이 독자분들에게 하나의 통로가 되길 바랍니다.

그곳으로 들어가면 새로운 세상이 펼쳐지고, 그 새로운 세상 안에는 또 다른 곳을 향한 통로가 있어서, 그리로 들어가니 또 다른 세상이 펼쳐지는, 그런 신비로운 통로요.

그렇게 끝없이 이어지는 책의 길을 따라가며 다채로운 세상을 맛본다면, 장담컨대, 정말로 행복할 거예요. 제가 그랬던 것처럼요.

은밀한 서재 안에서

조예은

소설가. 소설집 『칵테일, 러브, 좀비』『트로피컬 나이트』, 장편소설 『뉴서울파크 젤리장수 대학살』『스노볼 드라이브』『테디베어는 죽지 않아』『입속 지느러미』, 연작소설집 『꿰맨 눈의 마을』 등을 썼다.

좋아하는 작가의 서재를 들여다보는 건 언제나 즐겁다. 그것도 같은 소설가라면 더더욱 그렇다. 나 역시 소설을 쓰지만, 도대체 소설가들은 무슨 책을 읽고 어떤 생각을 하며 사는지 늘 궁금하기 때문이다. 게다가 장르 전문 잡지를 제외하고는 소설가의 '미스터리' 서평을 만나는 건 절대 쉬운 일이 아니다. 독서만큼 주변의 추천에 영향을 받는 취미도 없다고 생각한다. 제목을 찾아보고, 첫 페이지를 읽게 하는 동기부여가 중요하다. 그런 면에서 이 책은 '미스터리가 읽고 싶은 당신'을 위한 완벽한 가이드북이다.

미스터리란 무엇인가? 우리는 왜 미스터리에 끌리

는가? 표준국어대사전에는 이 단어를 '도저히 설명하거나 이해할 수 없는 이상야릇한 일이나 사건'이라고 설명한다. 미스터리, 불가사의, 수수께끼 전부 같은 말이다. 살인 사건이나 심령 현상도 미스터리에 속하지만, 그것이 미스터리의 전부는 아니다. 살인 사건의 범인이 잡혀도 미스터리는 남을 수 있다. 유령의 존재를 과학적으로 풀이할 수 있게 된다 해도 마찬가지다. 과학과 수학에도 미스터리는 무수히 존재한다. 미스터리란 좀 더 광범위한, 이 세계를 이루는 비밀 그 자체다. 세상의 기원, 우리의 기원, 증명되지 않은 모든 기원들로부터 새로운 미스터리가 탄생한다. 미스터리에 끌리는 사람은 결국 세계의 비밀을 알고 싶어 하는 사람이다. 틈새를 들여다보고자 하는 마음과 여유를 가진 자만이 이 명확하지 않기에 매력적인 장르를 즐길 수 있다.

　이 안에는 미스터리를 향한 애정과 사유가 가득하다. 서평집을 읽는 내내 공감과 감탄을 오가며 미소지었다. 나는 김희선 작가님을 실제로 뵌 적이 없지만, 지금은 꼭 은밀한 서재에서 책을 뒤적이며 잡담을 나눈 것만 같은 착각이 든다. 즐겁게 읽은 작품 안의 기묘한 세계가 어떻게 만들어졌는지 조금이나마 알 것 같다. 이전 작품을 떠올리며 취향의 궤적을 따라가는 것 또한 이 책의 색다른 즐거움 아닐까 싶다.

　　지금 내 휴대폰에는 다음 달 인터넷 서점 등급을 올려 줄 구매 목록이 빼곡하다. 만약 아직 휴가지에서 읽을 책을 고르지 못했다면 이 책을 가져가 느긋이 넘겨 보는 건 어떨까? 미스터리가 읽고 싶은 당신, 그리고 세상을 향한 호기심을 가진 모두에게 이 서평집을 추천한다. 아마 다 읽고 나면 당장 서점으로 달려가고 싶을 것이다! (아니면 나처럼 인터넷 서점 장바구니가 넘쳐나게 되거나.)

영원히 되풀이되는
정신이 채집한
무한의 이야기

윤신영
과학전문기자. 미디어 플랫폼《얼룩소》에디터. 지은 책으로 「사라져
가는 것들의 안부를 묻다」 등이 있다.

여기 서평집이 있다. 미스터리와 과학책을 다룬다. 하지만 아무리 생각해도, 글의 진짜 주인공은 책이나 미스터리, 과학이 아니다. 영원과 무한, 이 둘이 주인공이다. 이야기는 영원과 무한이 몸을 갖추기 위한 수단이며, 미스터리와 과학은 그 일부다. 예를 들어 보자. 잉꼬 이야기로 시작한 한 편의 글은 책을 쓰기 시작한 암살자가 등장하는 미스터리에 대한 글이다. 하지만 모든 가능한 우주의, 어떤 일이든 벌어질 수 있는 영원한 이야기의 세상을 언급하며 끝난다. 사라진 노란 잉꼬가 도시의 하늘을 가득 덮는 신비로운 세상이 존재하는 우주도 그중 하나다. 반면 우리는 영원하지 않다. 극히 일부 시공간에만 기적

처럼 존재한다. 고유하지도 않다. 영원한 무한의 우주에서 지금과 똑같은 우주가 얼마든지 되풀이될 수 있듯, 유일하다고 믿었던 나도, 고유하다고 믿었던 작가도 언제든 다시 등장할 수 있다. 이런 우주에서, 대부분의 세계는 이 책에서 말하듯 '우리-없는-세계'일 수밖에 없다. 겨우 존재하는 우리는 맨눈으로 그저 가까운 곳만을 응시할 수 있다. 그래도 운 좋게 예외를 하나 터득했는데, 바로 이야기의 형태로 영원과 무한의 단편을 채집하고 전하며 귀 기울이는 일이다. 이 방법으로 우리는 우주의 가장 큰 미스터리를 이해할 기회를 갖게 된다.

미스터리와 과학책을 다룬 책인데 추천사가 한껏 형이상학적이다. 글이 바라보고 있는 곳이 꽤 멀고 길고 깊어서다. 짧을 때에도 수억 년 지질학적 시간을 가로지르고, 길 땐 우주의 시점이나 영원한 미래로 도약한다. 더구나 가장 물질적인 학문이면서, 기원을 탐구하기 위해 가장 정교한 수단을 발전시킨 과학과, "가장 형이상학적이고 철학적인 구조"(움베르토 에코)를 지닌 탐정소설과 미스터리, 스릴러를 동시에 다룬다. 그 결과, 논증할 수 있지만, 과학으로는 검증할 수 없는, 철학자 마시모 피글리우치가 '거의 과학'이라고 분류한 영역의 다양한 가설을 종횡으로 건드린다.

이야기가 왜소해진 시대다. 현실이 픽션보다 극적이라는 말을 듣는다. 순수한 즐거움보단 효용이, 웅숭깊은 생각보다는 단순한 사실 확인이, 풍성함보다는 빠르고 명쾌한 결론이 각광받는다. 꽁꽁 숨겨진 진실을 차근차근 풀어내는 지적 모험을 즐기는 사람은 줄었다. 이 책은 이렇게 희미해져 가는 즐거움과 사유, 풍성함을 사실과 상상의 경계를 넘나들며 살려 낸다. 언급된 책을 읽지 않았어도 아무 문제없다. 책을 다루는 게 아니라, 우주의 실체인 영원과 무한을 다루는 책이니까. 물론 읽고 나면 목차의 책 목록을 검색하고 있을 거라 확신한다. 영원을 견딜, 재밌는 책을 찾아서.

.

너는   미스터리가   읽고 싶다

1판 1쇄 찍음 **2024년 8월 23일**
1판 1쇄 펴냄 **2024년 8월 30일**

지은이 **김희선**
발행인 **박근섭, 박상준**
펴낸곳 **(주)민음사**

출판등록 **1966. 5. 19. (제16-490호)**
주소 **서울시 강남구 도산대로1길 62**
         강남출판문화센터 5층 (06027)
대표전화 **02-515-2000**
팩시밀리 **02-515-2007**
홈페이지 **www.minumsa.com**

ISBN **978-89-374-2814-2 (03810)**

* 잘못된 책은 구입처에서 교환해 드립니다.